POESIËS MORALES ET CHRESTIENNES

De Monsieur DU PERRON LE HAYER, *Conseiller du Roy, & son Procureur au Bailliage & Siege Presidial d'Alençon.*

A PARIS,
Chez C. Savreux, Impr. de l'Eglise de Paris, au pied de la Tour de N. Dame, à l'enseigne des trois Vertus.

M. DC. LX.

Avec Privilege du Roy.

A MONSEIGNEVR
MESSIRE
FRANCOIS DE ROVXEL DE MEDAVY,
EVESQVE DE SEÉS, Conseiller du Roy ordinaire en ses Conseils d'Estat & Priué, Abbé de Cormeille & de saint André.

ONSEIGNEVR,

I'aurois eu mauvaise grace de faire voir au jour cet Ouvrage sous vn autre avœu que celuy de vôtre Nom; & je n'aurois pû sans injustice, desirer vn autre Protecteur que vous, pour le defendre de la critique de ces libertins qui ne peuvent souffrir que des veritez

Morales & Chrestiennes, soient le sujet & l'argument de nos vers. Comme il est vray, MONSEIGNEVR, que la Poësie est appellée le langage des Dieux, j'ay crû que je me devois servir de ce qu'elle a de plus majestueux & de plus beau, pour traitter d'vne matiere si excellente. I'ay toûjours reconnu, MONSEIGNEVR, que vous aviez pour ce noble genre d'escrire, vne affection particuliere; & je puis dire avec sincerité, que ces belles productions de vôtre esprit, que vous m'avez fait l'honneur de me faire voir autrefois, ont toûjours allumé dans mon cœur vn desir passionné de les imiter, & de faire quelque chose qui vous fust agreable. S'il est vray, MONSEIGNEVR, que cet Ouvrage trouve quelque estime parmy les honnestes gens, j'en auray la seule obligation à vos bontez qui m'ont fait connoistre mes deffauts pour les corriger, & qui m'ont donné des idées que je ne pouvois découvrir, sans les belles clartez de vôtre esprit à qui rien n'est inconnu. Faites moy donc la grace, MONSEIGNEVR, de recevoir fauorablement ces fruits de ma reconnoissance & de mon travail; en attendant que je vous témoigne par la suite de ma vie & de mes actions que je suis,

MONSEIGNEVR,

Vôtre tres-humble & tres-obeïssant
Seruiteur, DV PERRON LE HAYER.

AV LECTEVR.

I'Ay crû, Mon cher Lectevr, que j'estois obligé de vous entretenir en peu de paroles, & de vous dire mon sentiment sur la façon d'agir de ceux qui voyent les productions d'esprit qu'on donne au public. Les vns s'appliquent à la lecture des Livres, dans le seul dessein de se divertir & de passer le temps; les autres ne les considerent que pour y remarquer des defauts, & pour faire connoître bien souvent par des observations ridicules, & par des censures peu raisonnables, qu'il n'appartient qu'à eux de faire le bon ou le mauvais destin des ouvrages : & j'ose dire que les personnes qui les voyent pour en profiter sont en si petit nombre, qu'on auroit peine à le croire, si l'experience ne confirmoit cette verité. Ie ne puis aussi concevoir comme des hommes esclairez, & qui ont receu de Dieu de si beaux talens, au lieu de les employer pour son honneur, & pour l'instruction du prochain, s'efforçent de les aneantir, & de les profaner par des matieres indignes. En quoy certainement ils sont coupables de la plus noire de toutes les ingratitudes. Il faut avoüer, Mon cher Lectevr, que nôtre Siecle produit de merveilleux Genies en l'vn & l'autre genre d'escrire, & que la France se peut vanter aujourd'huy de ses Philosophes, de ses Orateurs, de ses Historiens, & de ses Poëtes, comme l'Italie & la Grece ont fait autrefois des leurs. Et je ne croy pas que dans Rome , dans Athénes , & dans Corinthe, on ait veu des Academies des Lettres plus fleuriſſantes qu'on en voit ſur ce Theatre de la Gloire & de la Science.

Si Paris ſe peut vanter de cette illuſtre & celebre Compagnie qui compoſe de ſi grands Auteurs, je puis dire qu'il n'eſt pas ſeul dans le Royaume qui ait cet avantage, & que la Ville de Caën qui eſt vn Seminaire de beaux eſprits, voit aujourd'huy dans ſon ſein des plus fameux Poëtes, & des plus ſçavans hommes qu'il y ait dans l'Europe. Si c'eſtoit mon deſſein de faire icy l'éloge de tous nos excellens perſonnages, au lieu de faire vn petit diſcours, je ferois des volumes tous entiers, & la matiere ne me manqueroit jamais. C'eſt pourquoy je ne diray rien de ces merveilleux Caracteres des paſſions, qui par des mouvemens ſurnaturels inſpirent tant d'amour pour la vertu, & tant d'averſion & d'horreur pour les vices; Ie ne veux point auſſi exagerer l'hiſtoire de ces Heros, qu'vn des plus dignes & des plus braves Gentilshommes du ſiecle a compoſée. Ie laiſſe tous ces Poëmes induſtrieux, cette Pucelle d'Orleans, ce Clovis, ce Moyſe, ce ſaint Loüis, cet Alaric, ce David, & tant d'autres encores qui ont eminemment paru, & qui paroîtront toûjours. Qu'y a-t-il, MON CHER LECTEVR, de plus beau pour le ſpirituel que ces Epiſtres de ſaint Paul, que ces Paraphraſes & ces Pſeaumes que divers Auteurs nous ont donnez? Qu'y a-t-il de plus charmant que cette Imitation de IESVS, qui paſſe pour vn miracle dans nôtre Poëſie Chrêtienne? Qu'y a-t-il de plus divin que ce Poëme de la Vie de nôtre Sauveur IESVS-

Christ ? Qu'y a-t-il de plus touchant & de plus poly que cette version de saint Prosper ; que ces Solitudes Chrêtiennes, & que tous ces nobles & saints travaux qui sont exposez à nos yeux par des gens qui ont renoncé à toutes les vanitez du monde, pour instruire par leur exemple aussi bien que par leurs ouvrages inimitables ? I'avoüe que je n'aurois pas eu la hardiesse d'escrire apres de si grands Hommes, si je n'avois esté sollicité par les conseils d'vn tres-pieux & tres-habile Ecclesiastique, d'entreprendre la traduction du liure de la connoissance de la misericorde de Dieu, de la foiblesse & de la misere de l'homme, qu'vn des plus dignes Prelats du siecle a mis en lumiere. Comme j'ay crû que la plus grande Reyne de la terre n'auroit point desagrable que je fisse voir à sa Majesté dans nôtre langue, l'incomparable ouvrage d'vn sujet du Roy son pere ; je me suis laissé persuader par mon devoir & par mon inclination de dédier aussi ces Poësies Morales & Chrêtiennes à vn Prelat des plus sages, des plus vertueux, & des plus sçavans que nous ayons. Si je ne craignois de faire souffrir sa modestie, & de manquer de respect à ses commandemens, je satisferois mon esprit en publiant vne partie des belles & des eminentes qualitez qu'il a. I'espere qu'il aura la bonté de n'estre pas toûjours si severe en mon endroit, & qu'il me permetra de donner la liberté à mes sentimens que je tiens captifs pour luy obeïr. Au reste, Mon cher Lectevr, je vous supplie d'excuser les fautes que je puis avoir commises ; les vnes procedent de mon ignorance, & les autres ont pû se glisser dans l'impression de ce Liure par des inadvertances qui ſont ordinaires à ceux qui travaillent & qui font travailler. I'aurois tort de me plaindre de celuy à qui j'ay confié ces petits ſoins, c'eſt vne perſonne de merite, & qui a toute l'affection & toute la fidelité qu'on peut deſirer. Adieu.

Vous excuſerez, s'il vous plaiſt, quelques fautes qui ſont ſurvenuës, & remarquerez que dans la page 23. on a diviſé deux dixains qui ne le doivent pas eſtre, & vous lirez dans la page 50.

Ainſi, pecheur, brize tes chaiſnes,
Pendant qu'vn Dieu benin veut écouter ta voix,
Icy, ton cœur, du repos ou des geſnes,
Peut encore faire le choix.

Vous lirez auſſi au troiſiéme vers de la page 55. *d'où* au lieu de *dont*.

A L'AVTEVR.

A L'AVTEVR

SONNET.

NOSTRE Auteur qu'vn chacun admire,
Montre par tout ſon jugement,
Et peut ſe vanter juſtement,
De ſçavoir l'Art de bien écrire.

Soit qu'il ſe meſle de traduire,
Ou ſoit qu'il travaille autrement,
Il fait toûjours également,
L'on ne ſçauroit jamais mieux dire.

Oüy, ſes vers ont vn ſi beau tour,
Que ſi-toſt qu'ils verront le jour,
Tous nos Auteurs voudront ſe taire,

Puiſque ſeul, à ne point mentir,
Il a joint le ſecret de plaire,
A celuy de nous convertir.

DE CAMPION.

***

Extraict du Priuilege du Roy.

PAR Lettres Patentes du Roy données à Paris le 27. de Septembre 1660. Signées, MASSANNES, Il est permis à M. DV PERRON LE HAYER Conseiller de sa Majesté, & son Procureur au Bailliage & Siege Presidial d'Alençon, de faire imprimer, vendre & debiter dans tout le Royaume & terres de l'obeïssance de sadite Majesté, vn Liure intitulé, *Poësies Morales & Chrestiennes, &c.* par tel Libraire ou Imprimeur qu'il voudra choisir pendant l'espace de vingt années, à conter du jour que ledit Liure sera acheué d'imprimer pour la premiere fois. Auec defenses à toutes personnes de quelque qualité & condition qu'elles soient d'en rien imprimer, vendre ny distribuer, sous quelque pretexte que ce soit, sans le consentement de l'Auteur, ou de ceux qui auront son droict, à peine de trois mille liures d'amende, payables sans deport par chacun des contreuenans; de confiscations des exemplaires, & de tous despens, dommages & interests, comme il est plus amplement contenu dans lesdites Lettres.

Et ledit Sieur DV PERRON a cedé & transporté son droict de Priuilege pour le temps & aux clauses qu'il contient, à Charles Savreux Marchand Libraire à Paris, pour imprimer vendre & debiter le Liure intitulé POESIES *Morales & Chrestiennes*, selon son transport, du 6. jour d'Octobre 1660.

Registré sur le Liure de la Communauté des Marchands Libraires & Imprimeurs, suiuant les Arrests. Signé, G. IOSSE.

Acheué d'imprimer pour la premiere fois le 8. d'Octobre 1660.

Les Exemplaires ont esté fournis.

A MONSEIGNEVR L'ILLVSTRISSIME ET REVERENDISSIME EVESQVE DE SÉES.

POEME.

IE serois peu content du travail de ma plume,
Si le feu que l'amour dedans mon cœur allume
N'avoit placé ton Nom au front de mes escrits,
Pour leur donner l'esclat, l'ornement, & le prix.
Grand Prelat, ta vertu brille avec tant de gloire,
Qu'elle retient sa place au Temple de memoire:
Et quand on cessera de bien parler de toy,
L'Honneur, la Pieté, la Prudence, & la Foy,
Verront ensevelis leurs Oracles celebres,
Dans ces lieux que l'oubly noircit de ses tenebres.
Ne t'imagine pas que je veüille emprunter,
Les traits de tes Ayeuls pour te faire esclater;

Ton merite est vn champ si noble & si fertile,
Que ma Muse feroit vn effort inutile
De chercher autre part qu'en ta propre splendeur,
Dequoy faire briller ton illustre Grandeur.
Ton pere qu'on vanta par toute la Neustrie,
Pour estre l'ornement de sa chere Patrie,
Ne sera point fasché qu'en faisant ton portrait,
Je n'emprunte crayon, pinçeau, couleur, ny trait
De ses faits glorieux, & de sa belle vie
Qu'on ne peut icy bas regarder sans envie.
Il me pardonnera si dans cét entretien,
Je ne veux pas mesler son lustre avec le tien.
Je ne parleray point du redouté Fervaques,
On sçait bien qu'il soûtint de si chaudes attaques,
Et donna tant d'assauts combatant pour son Roy,
Qu'il signala toûjours son courage & sa foy.
Le bâton qu'il reçeut d'vn si puissant Monarque,
Est d'vn rare merite vne immortelle marque;
Et la France aujourd'huy luy dresse vn monument,
Qui suivra le destin des feux du Firmament,
Et qui ne finira qu'en voyant les Estoiles,
Cacher leur vif esclat sous d'eternelles voiles.
Quoy que ton Frere illustre ait plus de mille fois
Signalé sa valeur dans les Camps de nos Rois;
Quoy qu'il ait par des faits qui passent la créance,
Merité le bâton de Mareschal de France:
Je ne veux point parler de cette qualité,
Qui sert de recompense à sa fidelité,

Et

Et qui ne ſert de rien à ce bon-heur extreſme,
Qui te fait trouver tout, ſans ſortir de toy-meſme.
Mais comment oſeray-je en ſuivant mon projet,
Enviſager de prés vn ſi noble ſujet!
Que diray-je de toy dans l'ardeur qui m'inſpire,
Qui ne ſoit au deſſous de ce qu'on en peut dire?
Grand & ſage Prelat, permets à mon pinceau
De faire ſeulement vn racourcy tableau,
Où l'on puiſſe connoître, & le zele & la flâme:
Qui font ſi bien mouvoir les reſſors de ton ame.
Comme on vit autrefois ces Gemeaux immortels,
A qui l'Antiquité conſacra des Autels,
Vnis par des liens ſi forts, & ſi durables,
Que toûjours leurs deſtins furent inſéparables:
Qu'ils combatoient par tout, qu'ils eſtoient en tous lieux,
Tantoſt pour leur Patrie, & tantoſt pour leurs Dieux.
De meſme l'on peut dire, ô Prelat magnanime!
Que cette noble ardeur qui t'excite & t'anime,
Dans le cœur de ton Frere agît ſi fortement,
Qu'elle fait en vous deux vn pareil mouvement.
Lors que Bellonne & Mars par d'invincibles charmes,
Porterent ſon genie à la ſuite des armes,
Le tien fut obligé de ſuivre auec plaiſir,
Les premiers mouvemens d'vn ſi juſte deſir.
Dans les endroits fameux où la gloire l'appele,
Comme le plus bel or s'éprouve à la coupele,
Que la flâme l'épûre, apres l'avoir noircy,
Par le fer & le feu ſon cœur s'éprouve auſſi.

****

Il n'eſt point de peril, de marches, de campagnes,
Point de difficultez, où tu ne l'accompagnes;
Tu joins ta paßion à ce noble tranſport,
Qui luy fait mépriſer, & la vie, & la mort.
L'intereſt de l'Eſtat t'eſt plus que ta perſonne,
Et tu ſçais preferer l'honneur de la Couronne,
A ton ſang, à toy-meſme, à toute ta maiſon:
C'eſt la loy que l'amour impoſe à ta raiſon.
Il faut aymer ton Roy d'vne paßion forte,
Pour que tous tes deſſeins agiſſent de la ſorte:
Außi tu fais bien voir qu'il n'eſt point de ſujet,
Qui ſçache mieux que toy faire choix d'vn objet.
Tu veux ſervir à tous d'exemple & de modelle,
Et ta vertu nous fait vne leçon fidelle,
De ce que nous devons au juſte Potentat,
A qui le Ciel commet les reſnes d'vn Eſtat.
Iulles ce grand Athlas, qui ſeul ſur ſes épaules
A ſoûtenu long-temps tout le fardeau des Gaules,
Ce Miniſtre puiſſant de parole & d'effet,
Qui ne ſe trompe point dans tout le choix qu'il fait;
A voulu que ton œil fuſt témoin de ſes veilles,
Et que ton jugement admirât ſes merveilles:
Eſtre choiſi de Iulle eſt vn comble d'honneur,
Qui paſſe tout excez de gloire & de bon-heur.
Enfin digne Prelat tu ſuivis ce grand Homme,
Les delices de France, & l'ornement de Romme.
Tu vis l'activité de cet Aſtre divin,
Qui chaſſe le poiſon, & le mortel venin,

De ce monstre chenu qui mange des viperes,
Et qui ne peut souffrir de fortunes prosperes.
Tu vis l'épanchement de ce cœur genereux,
Qui n'a point d'autre but que de nous rendre heureux;
Tu luy vis conjurer cette rage obstinée,
Qui s'opposoit au cours de nôtre destinée,
Qui fit ce qu'elle put pour se mettre en credit,
Et pour nous infecter de son soufle maudit.
Chaque difficulté que l'Enfer nous fait naistre,
Iulles en vient à bout, Iulles en est le Maistre,
Et ce puissant destin qu'il tient entre ses mains,
D'où dépend la fortune & le sort des humains,
Va rendre à deux Estats le repos & le calme,
En y faisant fleurir l'olive avec la palme.
Il sçait qu'il a besoin du pouvoir de l'amour,
Pour relever encor l'honneur d'vn si beau jour,
Et que pour établir vne Paix triomphante,
Le cœur de nôtre Alcide & le cœur de l'Infante,
Feront par vn Hymen auguste & solemnel,
Que l'vn & l'autre Empire ait vn heur éternel.
Comme ce grand Moteur, cette Majesté sainte,
Laisse agir les esprits sans force & sans contrainte,
Il veut qu'en liberté ce Heros puisse agir;
Il nous montre le Port où nous devons surgir,
Mais la difficulté se rencontre au passage:
Il veut vn guide seur, il veut vn homme sage,
Vn Pilote fidelle, vn grand & noble Chef,
Qui dessus cette mer conduise nôtre nef,

C'est tout dire, qu'il veut que sa main, son courage,
Donnent le dernier trait à ce fameux ouvrage,
Et que malgré l'effort des Demons conjurez,
Et l'Hymen, & la Paix enfin soient assurez.
Prelat, quoy que mon cœur t'honore & te revêre,
Je murmure pourtant contre un respect sevêre,
Qui me fait obeïr à cette dure loy,
Qui m'empesche d'écrire & de parler de toy.
Oüy, je suis obligé de quitter la partie,
Puisque la verité blesse ta modestie,
Et que tu me deffens avec trop de rigueur,
D'exposer en public ce que pense mon cœur.
Quoy! si ta pieté que le Ciel favorise,
Porte si hautement l'interest de l'Eglise,
Si dans ce tribunal a qui tout est soûmis,
Où regne avec splendeur la celeste Themis,
Tu sçais si puissamment proteger l'innocence!
Pourquoy n'auray-je pas cette juste licence,
D'en orner mes escrits & d'en entretenir,
Et le Siecle present, & le temps à venir.
Jusqu'icy, grand Prelat, tu m'imposes silence,
Mais si je t'obeïs c'est avec violance,
Et peut estre qu'un jour mes respects & mes soins,
Feront mieux leur devoir en te deferant moins.

POESIES MORALES ET CHRESTIENNES.

Mespris de la Vanité du Monde.

STANCES.

MON Dieu qu'il est heureux qui n'espere qu'en vous,
Et qui n'a point de soin que celuy de vous plaire !
Qu'on trouue en vous seruant que vostre joug est doux,
Et qu'on a pour sa peine vn glorieux salaire !

La promesse du monde est vne fleur sans fruit,
Ses desirs sont fondez sur l'onde & sur le sable,
Au moindre changement son bon-heur est détruit,
Et le bien qu'il nous donne est vn bien perissable.

L'éclat des vanitez est vn feu deçeuant
Qui jette peu de flamme & beaucoup de fumée,
Sa lumiere s'esteint par vn soufle de vent,
Et meurt au mesme instant qu'on la voit allumée.

Nous sommes enchantez par des objets pipeurs
Dont l'orgueil nous abaisse alors qu'il nous éleue,
Leurs plus brillans éclairs ne sont que des vapeurs,
Qui font voir en naissant que leur destin s'acheue.

Le torrent des plaisirs s'enfuit si promptement,
Qu'au mesme temps qu'il s'enfle on le voit disparestre,
S'il n'auoit le pouuoir de durer vn moment
On auroit bien raison de contester son estre.

Ce que l'on trouue icy de plus delicieux
N'est rien qu'illusion, que foiblesse, & mensonge,
Ce fast, cette grandeur, ces titres glorieux
Sont comme ces tresors que l'on possede en songe.

Il ne nous reste rien de ces feintes douceurs
Qu'vn sensible regret d'en auoir fait estime,
Quand le corps & l'esprit en sont les possesseurs,
L'esprit n'est pas long temps qu'il n'en soit la victime.

Ce que l'on voit icy n'est qu'vn ombre en effet
Des biens que les mortels possedent sur la terre,
Il ne s'en trouue point qui ne soit imparfait,
Et qui ne soit encor plus fragile qu'vn verre.

La Santé ne voit rien que d'vn œil de mépris,
La Pompe & la Beauté luy cedent l'auantage,
On peut dire qu'elle est vne pierre de prix,
Qui surpasse en valeur tous les tresors du Tage.

Mais Dieu! qu'elle est sujete à d'accidens diuers,
Et que mal à propos elle s'en fait acroire:
Vn astre qui luy donne vn regard de trauers,
Ternît en vn moment tout l'esclat de sa gloire!

En qualité de Reyne on luy fait grand accueil,
On voit auec respect l'honneur qui l'enuironne:
Mais parmy cette pompe il ne faut qu'vn écueil
Pour briser tout d'vn coup son sceptre & sa couronne.

Tantost vn vent brûlant attaque sa beauté,
Et tantost vn vent froid la traite auec outrage;
Ces mutins enuieux ont tant de cruauté
Qu'ils ne pardonnent pas aux lis de son visage.

Encor qu'à son bon-heur tous les biens soient soûmis,
Et que pour ses appas tout l'Vniuers soûpire;
On peut dire pourtant qu'elle a des ennemis,
Dont les foibles efforts détruisent son Empire.

Il n'est point de sujet en ce triste sejour
Qui n'arreste le cours de sa bonne fortune,
Le Repos qui la charme & qui luy fait la cour
Vn peu de temps apres la choque & l'importune.

Dieu! qu'on est abuzé quand on pense trouuer
Dans les amis du siecle vne amitié constante!
Si pour la moindre chose on les veut éprouuer
On est incontinent deçeu de son attente.

L'interest est l'idole à qui chaque mortel
Presente de l'encens, & veut bastir vn temple,
C'est à sa vanité qu'il éleue vn autel,
C'est elle qui luy sert de modele & d'exemple.

Il croit eſtre ignorant quand il n'eſt pas inſtruit
Par l'infidelité de ſes lâches maximes,
Et lors qu'il les connoiſt, ſa ſcience produit
Vne ſource d'erreur, de menſonge, & de crimes.

Mon Dieu, que la franchiſe eſt vne qualité
Qu'on trouue rarement dans le ſiecle où nous ſommes!
Il ſemble que l'orgueil, & l'infidelité,
Ne ſoient qu'vn méme eſprit qui regle tous les hommes.

Quand nous conſiderons auec trop de plaiſir
Les perfides appas d'vne beauté mortelle,
L'aueuglement ſuccede à noſtre vain deſir,
Et nous perdons l'eſprit en ſoûpirant pour elle.

Auſſi-toſt que la mort a décoché ſes traits
Où l'amour repoſoit ſans contrainte & ſans peine,
Ce port majeſtueux, ces aymables atraits,
Se changent tout d'vn coup en des objets de haine.

Ce front qui faiſoit honte à la blancheur des lis,
Qui paroiſſoit encor plus poly qu'vne glace,
A perdu ſes appas qu'on voit enſeuelis
Dans ces paſles ſillons, où l'horreur prend ſa place.

Cét œil qui ſe piquoit d'eſtre toûjours vaincœur,
Qui receuoit les noms de Roy, de Ciel, & d'Ange,
Comme il fut le premier à ſeduire le cœur,
Eſt auſſi le premier dont la Parque ſe vange.

Vn

Vn soufle violent esteint ce clair flambeau ,
Il est enuironné d'vne nuit eternelle ,
Et quand pour sa demeure on luy donne vn tombeau,
Mille vers affamez luy mangent la prunelle.

Luy qui sembloit jetter des traits assez puissans
Pour ne craindre jamais que la mort les pust rompre,
Luy qui fut si subtil à corrompre les sens ,
Est encor plus facile à se laisser corrompre.

Ces lévres qu'on flatoit d'eloges specieux ,
Qui montroient des beautez nouuellement escloses.
Ne produisent plus rien d'agreable à nos yeux ,
Puisqu'elles ont perdu leurs œillets & leurs roses.

Vrayment auec justice on leur peut reprocher
Que la seule disgrace est tout ce qui leur reste ,
Qui s'estimoit heureux d'en pouuoir approcher ,
N'en sçauroit plus souffrir la presence funeste.

Enfin ce corps n'est plus qu'vn spectacle d'horreur,
Qu'vn déplorable tronc reduit en pourriture ,
C'est là que le destin imprime sa fureur ,
Et c'est là que les vers prennent leur nourriture.

Faut-il , Dieu de mon ame , arbitre de mon sort,
Que ces petits riuaux partagent nos conquestes ?
Et que leur paßion s'exerce apres la mort
A posseder encor de miserables testes ?

Faut-il que nous jettions de si brûlans soûpirs
Pour vn amas confus de poußiere & d'ordure,
Faut-il qu'vn peu de glace échauffe nos desirs,
Et que nous adorions vne fausse peinture.

O mon Dieu, mon Sauueur, mon vnique secours,
A qui ma volonté se va rendre asseruie,
Faites que vos beautez soient mes seules amours,
Faites que vostre mort me redonne la vie.

Je sçay que pour vous plaire, & pour vous bien aymer,
Jl faut que je m'instruise à me haïr moy-méme,
Qu'autre feu desormais ne me doit enflammer
Que celuy qui viendra de vostre amour extréme.

I'attens vostre support, vous me l'auez promis,
Plus il vient de bonne heure & plus il est vtile,
I'ay mes sens contre moy, ce sont les ennemis
Qui portent dans mon cœur vne guerre ciuile.

Ie n'apprehende rien si vous gardez ce cœur,
Le plus cruel assaut y sera soustenable,
Vous en estes le maistre, & l'absolu vaincœur;
Puisqu'il vous appartient c'est vn fort imprenable.

ELEGIE.

CESSONS de ſoûpirer pour ces idoles vaines
Qui ſont injuſtement le ſujet de nos peines ;
Sage & conſtant amy ne donnons plus d'encens
A ces fauſſes clartez qui ſeduiſent les ſens.
Ces guides incertains n'ont des regards propices
Que pour nous engager dedans les precipices,
Leur plus grande faueur eſt vn funeſte écueil
Où toûjours la raiſon rencontre ſon cercueil.
Le Ciel veut que nos cœurs ſoient de pures victimes
Qui ne faſſent jamais que des vœux legitimes ;
Qui ne forment jamais que de juſtes deſſeins,
Et que tous nos deſirs ſoient vertueux & ſaints.
Depuis que nous vogons ſur l'ocean du monde ;
Où le vent brüit ſans ceſſe, où le tonnerre gronde,
Où la tempeſte regne en pleine liberté,
Et fait voir des brizans l'indomptable fierté.
De combien de vaiſſeaux combatus par l'orage
As-tu veu le debris & le fameux naufrage ?
Combien de flots cruels, combien de vents mutins
Ont fait deſſous les eaux de malheureux deſtins ?
O Dieu ! cher Agathon, que depuis peu de luſtres
Nous auons veu perir de Braues & d'Illuſtres !
Tel qui fut au ſommet d'vne auguſte grandeur
Qui fut enuironné de gloire & de ſplendeur,
Sent du fer d'vn bourreau l'ateinte impitoyable,

Et fait voir en mourant vn objet effroyable.
Tel qui parle , & qui rit , est le joüet du sort,
Et son ris bien souuent est le ris de la mort.
Qu'on voit en peu de temps de maisons desolées!
Qu'on voit chez les plus grands de tristes mausolées!
Cette fille sans yeux , ce fantôme peruers
Dont l'inuisible faux dépeuple l'vniuers ,
Par des coups differens décharge sa colere ,
Dessus tous les objets que le soleil éclaire.
Vne rare Beauté les delices des cœurs ,
Qui triomphoit de tout par ses attraits vaincœurs,
Dont la mort en vn jour fit perir tous les charmes,
Est depuis deux hyuers la cause de nos larmes.
Aussi-tost qu'elle apprend par vn fatal discours
Qu'vn frere qu'elle aymoit à finy ses beaux jours,
Et qu'il n'a pû flechir la Parque inexorable ,
Elle ne peut suruiure à son sort déplorable:
Ainsi dans vn moment ce bel Astre s'enfuit
Et couure ses rayons d'vne eternelle nuit.
O facheux accident! ne vois-je pas encore
Qu'vne nouuelle Fleur qui ne faisoit qu'esclore,
Qu'étaler les tresors d'vn émail precieux,
Tombe dessous la faux de ce Monstre sans yeux?
Cette jeune beauté , cette charmante fille ,
L'honneur & l'ornement d'vne illustre famille ,
Qui brilloit à nos yeux comme vn diuin flambeau
Auprés de son Hymen rencontre son tombeau.
Elle meurt en parlant sans méme qu'on soupçonne

Que

Que le moindre accident en veüille à sa personne,
Quand son œil est ouvert & qu'il semble qu'il dort,
Il est enseuely dans l'ombre de la mort.
Vne mere est témoin de ce coup lamentable,
Et la Parque à ses yeux se rend épouuantable;
Cét orage impreueu qui créve en vn instant,
Et qui feroit fremir le cœur le plus constant,
Laisse agir son esprit qui regle sa prudence,
Selon les loix du ciel & de la Prouidence.
Et quoy que son ennuy qu'on ne peut exprimer
Sous le faix des douleurs tâche de l'oprimer,
L'amour qu'elle a pour Dieu l'oblige à se resoudre
De soûtenir l'effort d'vn si grand coup de foudre.
Elle benît le trait qui luy perce le flanc,
Et soulage son mal par des larmes de sang.
On voit auprés du lit d'vn déplorable Pere
Vn amant qui gémit & qui se desespere,
Qui voit auec mépris la lumiere du jour,
Depuis qu'il a perdu l'objet de son amour.
O trop seueres loix ! ô funeste auanture !
L'vn se plaint à l'amour, & l'autre à la nature,
De ce qu'ils ont voulu precipiter le cours
D'vn astre qui deuoit les éclairer toûjours.
Mais tu sçais Agathon, que l'insolente Parque
Qui ne respecte pas le plus puissant Monarque,
Et qui foule à ses pieds l'orgueil & la valeur,
Ne nous fournit que trop d'exemples de malheur.
Ne te semble-t'il point que j'interromps ma course?

Que je veux preferer les ruisseaux à leur source,
Que je quitte vn chemin fameux & plein d'appas,
Pour prendre des sentiers que l'on ne connoist pas.
Les traits particuliers de quelque noble histoire
S'impriment dans les cœurs auecque plus de gloire,
Et font dans les esprits des effets plus puissans,
Qu'vn sujet general qui touche peu les sens.
Croy moy, mon cher amy, le mal & la soûfrance
Ne sont que des effets de nostre indifference,
Nous n'auons point de peine à parer à leurs coups
Lors que nostre destin les éloigne de nous.
Ce qui tourmente autruy ne nous paroist qu'vn songe,
Nous nous diuertissons du chagrin qui le ronge:
Mais nous ne sçaurions voir sans changer de couleur
Les moindres accidens que fait nostre douleur.
Et les biens, & les maux ont autant de visages
Que nos esprits en font de differens vsages,
Ils sont si déguisez que par vn choix fatal
Le plus souuent au bien nous préferons le mal.
Oüi, fidelle Agathon, nostre aueugle ignorance
Nous fait quitter l'effet pour prendre l'apparence,
Nous sommes incertains au choix que nous faisons,
Et nous nous abusons par de foibles raisons.
Tous ces biens éclatans qui flatent la nature
Sont comme ces tresors que l'on voit en peinture;
Ils n'ont rien de solide, & leur plus beau destin
Se trouue renfermé dans le cours d'vn matin.
Pourquoy donc embrasser vne vapeur, vne ombre,

Quitter vn feu brillant pour vne clarté sombre ?
Pourquoy suiure vn party qui ne peut subsister
Contre le moindre effort qui luy veut resister ?
Ces vains charmes des sens , ces pompes, ces delices
Sont bien moins des faueurs, qu'ils ne sont des supplices,
Et l'assouuissement d'vn injuste desir
Est toûjours le sujet d'vn cruel déplaisir.
Voyons, cher Agathon, ce que peuuent les hommes
Quand le sort les reduît dans l'estat où nous sommes ?
C'est aymer la franchise , & la sincerité
Que de n'auancer rien contre la verité,
Que d'instruire le cœur à tenir vn langage
Qui soit de la candeur le symbole & le gage.
Et bien, n'est-il pas vray que nous touchons de prés
Ces lieux qui sont parés de funestes cyprés ?
Sommes nous pas voisins de la saison fatale
Où ce Vieillard chenu tous ses glaçons étale?
Il est temps de pouruoir par de fidelles soins
A cette fin derniere où nous pensons le moins.
Apprenons de bonne heure à nous laisser instruire
Par le méme sujet qui s'en va nous détruire.
La mort est eloquente, elle préche sans fard,
Et ne sçait ce que c'est que des regles de l'art.
Elle fait à nos sens vne juste querelle,
Et sa façon d'agir est pure, & naturelle,
Ses traits sont si certains qu'ils frapent droit au but,
Et nul n'est dispensé de luy payer tribut.
Faisons de bonne grace vn chemin qu'il faut faire,

Et puiſque nous n'auons que cette vnique affaire,
Demandons la faueur & le ſecours d'en-haut
Pour obtenir du Ciel de mourir comme il faut.
Ne ſacrifions plus à ces beautez mortelles
Qui tirent vanité qu'on ſoûpire pour elles :
Mais donnons tous nos ſoins à cét Eſtre immortel
Qui veut que nous ſoyons ſon temple & ſon autel,
Et que d'vn feu diuin ſon feu nous enuironne.
Il veut que nous portions le ſceptre & la couronne,
Et pour recompenſer noſtre fidelité
Il nous promet la gloire & l'immortalité.

STANCES.

ADIEU laſches & vains plaiſirs
Dont les approches ſont mortelles,
Adieu voluptez infidelles
Sources des injuſtes deſirs.
Adieu je renonce à vos charmes,
Et mes yeux verſeront des larmes
Pour effacer les traits qui m'ont bleſsé le cœur;
Non, je ne croiray plus à de foibles paroles,
Ie rompray toutes mes Idoles,
Et s'il plaiſt à mon Dieu j'en ſeray le vaincœur.

Faut-il que le deréglement
Ait toûjours eſté dans mon ame ?
Faut-il qu'vne legere flâme

Ait

Ait causé mon aueuglement?
L'image d'vne clarté ſombre,
Vn ſonge, vne vapeur, vne ombre
Ont eu l'autorité d'aſſujettir mes ſens;
Contre des ennemis de ſi grande importance,
Helas! pour toute reſiſtance,
Je ne me ſuis armé que de traits impuiſſans.

Ces feux dés le premier abord
Se pouuoient reduire en fumée,
Leur clarté n'étoit allumée
Que pour ceder au moindre éfort.
Mais quoy, bien loin de me contraindre,
De jetter l'eau pour les éteindre,
Ie n'ay rien épargné pour leur étre ſoûmis;
Ie leur ay toûjours fait vn accüeil favorable,
Mon Dieu, c'eſt étre miſerable
D'avoir ſi bien traitté vos cruels ennemis?

Oüi ces feux au commencement
N'étoient que de ſimples phantômes,
Qui firent d'vn amas d'atômes
Leur naiſſance, & leur fondement:
Mais par la ſuitte des années,
Et par mes langueurs obſtinées
Jls firent dans mon cœur vn progrés merveilleux;
De Monſtres qu'ils étoient de petite ſtature,

Malgré l'ordre de la nature,
Ils devinrent bien-tost des Geans sourcilleux.

Seigneur, ma gloire & mon support,
De moy je ne puis rien pretendre,
Mais de vous je dois tout attendre,
Puisque vous seul estes mon Fort.
La grace forgera des armes
De vôtre sang & de mes larmes,
Cette fille du Ciel les mettra dans ma main;
Et lors je cueïlleray des palmes immortelles
Sur le tombeau de ces rebelles
Dont les plus doux appas n'ont rien que d'inhumain.

He bon Dieu! que je suis fasché
D'avoir défiguré mon être!
Que mon esprit n'ait eu pour maître
Que l'exercice du peché!
Abysme de misericorde
Si vôtre bonté ne m'accorde
La hayne & le mépris des objets criminels,
Si je profane encore ces brillantes lumieres
Qui m'ont dessillé les paupieres,
Qui pourra m'exempter des braziers eternels?

Souvenez-vous, ô Dieu d'amour,
Que je suis fait à vôtre image,

Que mes ſens vous rendent hommage,
Et que mon cœur vous fait la cour,
Quoy que mon amour ſoit extréme;
Ce n'eſt qu'à cauſe de vous méme,
Mon ame vous adore & revére en tout lieu,
Ie ne m'attache à vous de toute ma puiſſance
Que pour vôtre divine eſſence,
Et parce qu'il eſt vray que vous eſtes mon Dieu.

ELEGIE.

EN voyant les attraits d'une beauté mortelle,
Son déplorable ſort fait que j'ay pitié d'elle,
A l'aſpect de ſes yeux je change de couleur,
Et je ſens dans mon ame une extréme douleur.
Quand je penſe au débris dont le Ciel nous menace,
Que l'onde où nous flotons n'a jamais de bonnace,
Et qu'il faut obeïr à ce fatal decret
Qui prend l'un en public, qui prend l'autre en ſecret,
Qui ne pardonne à rien, & qui ſeul eſt le maître
De tout ce qu'icy bas la nature a fait naître:
Delphine c'eſt pour vous, encor plus que pour moy
Que je crains la rigueur de cette dure loy.
Conſiderez l'horreur dont la Parque eſt ſuiuie
Lors qu'elle a triomphé de la plus belle vie;
Penſez en quel état le corps ſera reduit
Quand il ſera couuert d'une eternelle nuit.

Les graces & les ris vous laissent en partage
Ce qu'ils ont de douceur, de gloire, & d'auantage,
Ie l'avoüe, il est vray; mais ne pretendez pas
Que la mort pour cela respecte vos appas.
En peu de jours d'icy vous luy rendrez les armes,
Et sa faux détruira l'empire de vos charmes.
Ie veux que vous ayez à viure soixante ans,
Delfine, helas bon Dieu! ce n'est qu'vn peu de temps.
Ce terme qui vous semble infiny dans son nombre
N'est pourtant qu'vn éclair qui passe comme vn ombre.
Vn neant déplorable à son destin est joint,
Prés de l'eternité ce terme n'est qu'vn point.
Ainsi preparez-vous à ces metamorphoses
Que la Parque fera de vos lys, de vos roses,
De ce teint delicat, du brillant des ces yeux
Qu'on nomme si souuent des soleils & des Dieux.
Oüi, ces yeux dont l'éclat brille avec tant de gloire
Seront bien-tost cachez sous vne tombe noire,
Où l'insecte cruel par vn ordre fatal
Détruira tout d'vn coup leurs globes de cristal.
Pour Dieu, regardez-vous au travers de ces voiles
Où le sort fait tomber les plus grandes étoilles,
Qui semblent trébucher du haut du firmament
Pour cacher leur clarté dessous vn monument.
Dans ce triste cachot plein d'horreur & de glace,
Où la mort vous prèpare vne funeste place,
Vous serez exposée aux outrages divers
Que causent à l'envy les serpens & les vers.

O Dieu

O Dieu quel accident ! quelle étrange avanture !
Quoy, Delfine autrefois l'honneur de la nature,
Les delices des cœurs, & leur pierre de prix,
Sera dans peu de temps vn objet de mépris.
Delfine en verité je plains vôtre infortune.
Mais quoy ! vous affranchir de cette loy commune,
Vous flatter d'vn eloge & d'vne qualité
Qui pûssent aspirer à l'immortalité;
Seroit mettre en credit la vanité d'vn songe,
Et ne condamner pas l'erreur & le mensonge.
Ie croy que ce tableau ne vous déplaira pas,
Quoy qu'il soit dépourveu de graces, & d'appas;
Le zele qui l'anime obligera vôtre ame
A reflechir souvent dessus ces traits de flâme.
Ce qui paroist hydeux ne l'est pas en effet,
Puisqu'il produît en nous vn sentiment parfait;
Qu'il nous apprend à vivre & qu'il nous fait connêtre,
Qu'on meurt dés le moment que l'on commence à naître.
Il n'est rien de si doux, il n'est rien de si beau,
Que de se preparer à faire son tombeau.
Ces facheux accidens qui suivent la mort bléme
Nous forcent châque jour à rentrer en nous méme.
Helas ! il faut mourir pour ne mourir jamais,
Et combatre ses sens pour aquerir la paix.

POESIES CHRESTIENNES.

STANCES.

IESVS, que vous estes puissant!
Que vôtre Croix est salutaire!
Et que je suis heureux lors que mon cœur ressent
L'aymable impreßion de vôtre caractere!

Source d'vn bien qui m'est si doux;
Où souvent mon ame se plonge,
Sur le foible travail que j'entreprens pour vous,
Passez & repassez vôtre divine éponge.

Helas! je fais ce que je puis
Pour apprendre à tous vos merveilles,
Mais je ne feray rien dans l'estat où je suis
Si vous ne benissez mes travaux & mes veilles.

Ie ne cherche que vous, Seigneur,
Dans le dessein de cêt Ouvrage,
Ie suis recompensé d'vn souverain bon-heur
Si vôtre Paßion anime mon courage.

Il faut qu'vn noble & digne fruit
Soit la fin de mes esperances,
Il faut, ô mon Sauveur, que je sois bien instruit
Dans la divine loy de toutes vos souffrances.

Prenez plaisir de me toucher,
I'ay recours à vôtre clemence,
Quand mon cœur & mes yeux seroient comme vn rocher,
Vous en feriez sortir des pleurs en abondance.

C'est à vous seul que je me rens,
Et c'est vous seul que je demande,
Encor que mes pechez soient infiniment grans,
Vôtre misericorde est encore plus grande.

Tant plus que je suis criminel,
Et tant plus j'ay besoin de grace,
Helas, j'ay bien besoin, ô Sauveur eternel,
Que vous me releviez quand le mal me terrasse.

Ie puis sans vous, tomber à bas,
Et faire vne chûte mortelle,
Mais sans vôtre secours je ne puis faire vn pas,
Qui me puisse conduire à la gloire eternelle.

Si vous ne me donniez la main
I'aurois beau croupir dans l'ordure,
Le vice originel m'a rendu si mal sain
Que tout ce que je prens se change en pourriture.

Rien que vous ne me peut nourrir
Vous estes ma seule substance,
Rien que vôtre bonté ne me peut secourir
Et rien que mon peché ne vous fait resistance.

STANCES.

SEIGNEVR, ſi vous guidez ma plume,
Et ſi vôtre feu me conſume
Mes ouvrages ſeront parfaits:
Il n'appartient qu'à vous de faire des miracles,
Vous pouvez rompre mes obſtacles,
Et puis j'exalteray la gloire de vos faits.

Vouloir diſcourir ou me taire
Sans vôtre divin miniſtere,
C'eſt vouloir ſans aiſles voler,
La grace qui nous force à garder le ſilence
Par vne douce violence,
Surpaſſe quelquefois celle qui fait parler.

Seigneur, je ſuis à vôtre Eſcole,
Soit que vous guidiez ma parole,
Où que vous reteniez ma voix:
Tout m'eſt indifferent pourveu que je vous plaiſe,
Que je parle, ou que je me taiſe,
Ie ſoûmets l'vn & l'autre à vos divines Loix.

Ie ſuis dans vn comble de joye
Si vous m'enſeignez quelle voye
Doit eſlire ma volonté,

Faites

Faites qu'elle ait pour vous de la force & du zelle;
Mon Dieu, qui vous ayme est fidelle,
Et vous estes le prix de la fidelité.

Que c'est une belle science
De n'auoir point de confiance
Qu'au merite de vos douleurs!
Sans vous je ne sçaurois vous adresser ma plainte,
Il faut une aymable contrainte
Pour obliger mes yeux à vous donner des pleurs.

Que c'est une sainte prudence
D'adorer vôtre Providence,
Et de se regler par sa loy!
Vouloir ce qu'elle veut, est vouloir toute chose;
Accomplir ce qu'elle propose,
Est marquer son respect, son amour & sa foy.

Ne me faites pas ce reproche
Que j'ay pour vous un cœur de roche,
Et pour le monde un cœur de chair;
Preparez, ô mon Dieu, vôtre oreille à m'entendre,
Et ne me faites pas épandre
De ces foibles soûpirs qui se perdent en l'air.

Quand vous cessez de me conduire,
De m'exhorter, & de m'instruire,
Bien-tost mon mal s'en apperçoit;

Dans vn abyſme impur ma pauvre ame ſe plonge,
Et je ſuis ſi plein de menſonge,
Que ma bouche dément ce que mon cœur conçoit.

Ne ſouffrez pas que ma licence
Abuſe de vôtre Puiſſance,
Que je ne la force jamais :
Plûtoſt que d'endurer que le moindre blaſphéme,
Vous faſſe agir contre vous-méme :
Que ma langue, Seigneur, s'attache à mon palais.

Détournez de moy cette embûche
Où ma fragilité trebuche,
Qu'au Ciel mon œil ſoit attaché ;
Que mon cœur pour vous ſeul inceſſamment ſoûpire,
Et que j'accepte vôtre Empire
En ayant de l'horreur de celuy du peché.

Ma playe eſt encor ſi recente
Qu'au moindre objet qui ſe preſente
Elle ſaigne, & ſe veut r'ouvrir ;
Si par quelque accident vn trait bleſſe mon ame ;
O grand Dieu, ſoyez ſon dictame,
Et que vôtre vertu la vienne ſecourir.

STANCES.

SOVSPIRS de douleur & d'amour,
Guidez par vne main puissante,
Apprenez aux valons, aux rochers d'alentour
Le doux transport qui me tourmente.

Et vous, mes yeux, dites à ces ruisseaux,
Qu'ils doivent accroistre leurs eaux
Des pleurs que vous versez auec tant d'abondance;
Ce IESVS qui vous sert d'appuy
Veut que vous faßiez penitence,
Et que vous pleuriez comme luy.

Il s'est chargé de tous nos crimes,
Et ses travaux sont les victimes
Qu'il offre à son Pere Eternel:
Iamais amour ne fust si grande,
Qu'vn Dieu se donnât pour offrande,
Qu'il fut également la victime & l'autel.

Reconnoissons bien les faveurs
D'vne bonté si liberale,
Et rendons luy des vœux, des sanglots & des pleurs,
Pour les tresors qu'il nous étale.

Il veut le cœur, ne luy refusons pas,
Ny ses attraits, ny ses appas,

Qui mieux qu'autre parfum l'embaumēt & le charment:
Si par fois il entre en couroux,
Ses gemiſſemens le deſarment
Et ſa douleur rabat ſes coups.

Sauveur que vous eſtes aymable!
Que noſtre nature eſt coupable
De n'aymer pas vn Dieu ſi bon;
Vous nous offrez vne couronne,
Vous nous donnez vôtre perſonne,
Il falloit eſtre vn Dieu pour nous faire vn tel don.

STANCES.

Ne m'abandonnez pas à ma propre conduite;
Et ſoyez toûjours à ma ſuite,
Seigneur, je n'eſpere qu'en vous;
Donnez moy, s'il vous plaiſt, les armes neceſſaires
Pour combatre mes aduerſaires,
Et puis je les déferay tous.

Avec vôtre ſupport ma force eſt invincible,
Ie ne trouve rien impoſſible
Quand vôtre grace me deffend;
Ie ſuis victorieux lors qu'elle m'environne,
Mais ſi-toſt qu'elle m'abandonne
Ie ſuis plus foible qu'vn enfant.

Ma

Ma libre volonté prendra toûjours le pire,
Si vôtre bonté ne l'inspire,
Et n'est son vigoureux soûtien:
Ie suis seul, ô mon Dieu, l'auteur de ma ruïne,
Et vous seul la source divine
D'où sort, & découle mon bien.

Tout le bien que je fais ne vient pas de moy-méme,
Seigneur, vôtre bonté supréme
Luy donne l'estre, & le produit;
Cette rebellion où le malheur m'engage,
Se peut dire mon seul ouvrage,
Ie suis seul qui porte ce fruit.

Ayez pitié, mon Dieu, des travaux que je souffre,
Et retirez mes pas du gouffre
De mensonge & de vanité;
Faites moy concevoir l'horreur de mes malices,
Et ce que c'est que des supplices
Qui durent vne eternité.

Ie suis si plein d'orgueil, que souvent je m'impute
Ce que vôtre main execute;
Ie n'ay rien, & croy tout avoir;
Je manque de vigueur, de conseil & d'adresse;
Et mon esprit a la foiblesse
De croire qu'il a du pouvoir.

Que je ſuis éloigné de ce que je propoſe!
Helas! quand je fais quelque choſe,
Tout le mal que je fais eſt mien;
Ie puis aveuglément me jetter dans l'abîme;
Ie puis ſeul commettre le crime,
Et ne puis ſeul faire le bien.

Mon Dieu, je ſuis forcé dans le mal que j'endure,
De me plaindre de ma nature
Que le peché tient ſous ſa loy:
Ie ne voy rien par tout qui ne me ſoit contraire,
Le Ciel me regarde en colere,
Et je ſuis meſme contre moy.

Defendez à mes ſens de vous faire la guerre,
Mon Sauveur, renverſez par terre
Les complots de ces factieux:
Enſeignez moy ſi bien à vous aymer & craindre,
Que l'amour me puiſſe contraindre
A vous rechercher en tous lieux.

Faites que je vous trouve, ô Sauveur de mon ame,
Et que ſur des aiſles de flâme
Ma foy s'éleve juſqu'à vous:
Faites qu'en vous trouvant par un comble de grace,
Mon cœur vous ſerre, & vous embraſſe,
Et qu'il ſoit percé de vos clous.

ELEGIE.

OBIET de mes desirs, & de mon esperance,
Seigneur, en qui je mets toute mon assurance,
Que c'est mal vous aymer & vous faire la cour
Alors qu'en vous aymant, on ne meurt pas d'amour!
Quoy, n'aymer pas vn Dieu qui pour laver mon crime
Verse pour moy son sang, se fait pour moy victime,
Qui quitte le sejour de sa divinité
Pour espouser ma peine, & mon humanité?
Quelle haine se peut égaler à la nôtre?
Et quel amour aussi peut estre égal au vôtre?
L'horreur de mon peché par vn sanglant effort
Vous livre mille assauts, & vous donne la mort.
L'excez de vôtre amour tient la mort asservie,
Et par elle, mon Dieu, vous me rendez la vie,
Ocean de grandeur, que je me pers en vous!
Qu'il est vray que vos flots sont amoureux & doux!
Vôtre amour est plus grand que ne sont vos supplices,
Et vos bontez encor surpassent mes malices.
Faites que vôtre appuy m'accompagne toûjours,
Que vôtre œil soit mon guide, & mon ferme secours.
Répandez dans mon cœur des rayons salutaires,
Qui captivent mes sens sous vos divins mysteres;
Si vous m'abandonnez je n'ay plus de soûtien;
Vous estes mon support, sans vous je ne puis rien.

Ma fole paßion eſt vne aveugle guide,
C'eſt vn cheval fougueux, retenez luy la bride.
Helas! je ſuis perdu ſi vous ne m'apprenez
Comme il faut retenir mes deſirs effrenez.
De moment en moment ma volonté rebelle
A beſoin de ſecours & de grace nouvelle;
Elle n'agira point pour ſon vtilité,
Si vous ne l'appuyez de vôtre autorité.
Prevenez-la, Seigneur, de vos amoureux charmes,
Elle n'a pas beſoin de plus puiſſantes armes.
C'eſt la façon d'agir dont vôtre amour ſe ſert;
C'eſt vous qui la ſauvez, c'eſt elle qui ſe pert.
Faites, mon doux IESVS, que dans vn libre empire,
Le party qu'elle prend, ne ſoit jamais le pire,
Qu'en tâchant de vous plaire, & de vous reverer,
Son choix juſqu'à la fin puiſſe perſeverer.

STANCES.

IESVS, mon vnique eſperance,
Ie vous invoque à deux genoux,
Quelle rigeur! quelle ſouffrance,
De ne pouvoir mourir pour vous?

Enſeignez moy ce qu'il faut faire
Pour vous ſervir fidellement,
Helas! je n'ay que cette affaire,
Les autres ne ſont que du vent.

Que

Que j'ay honte d'estre l'esclave
De mes infames passions,
Et de faire ainsi le faux brave
Contre vos inspirations.

Helas, Seigneur, souvent je veille,
Pour rencontrer un mauvais sort;
Et souvent aussi je sommeille
Dans les tenebres de la mort.

Le cruel party qui m'outrage
Fait vœu de m'outrager toûjours;
Ie n'ay ny force, ny courage,
Seigneur, venez à mon secours.

Comment pourray-je me defendre
Contre des ennemis si forts?
Helas! je ne puis entreprendre
De resister à leurs efforts.

Icy tout me choque & me blesse,
En commençant je suis si las;
Que pour avoir trop de foiblesse
Ie ne puis mesme faire un pas.

Seigneur, j'ay besoin de vôtre ayde,
Hastez vous car je n'en puis plus;
Il faut un souverain remede
Pour guerir un homme perclus.

Ce qui m'anime & me console
Dans les fers qui m'ont attaché;
C'est qu'il ne faut qu'vne parole
Pour me détacher du peché.

Dites là, Seigneur, je vous prie,
Vous me la faites desirer;
Puisque je pleure & que je crie,
I'ay sujet de bien esperer.

Doux IESVS, mon ame demande
A vous avoir pour son Espoux,
La faveur qu'elle veut est grande,
Mais elle ne veut rien que vous.

Oüy, je me donne à vous pour gage,
Que je vis plus en vous qu'en moy;
Voulez vous d'autre témoignage
De mon inviolable foy?

O IESVS, mon vnique gloire,
Et l'vnique gloire du Ciel,
Enseignez moy comme il faut boire
Du vin-aigre meslé de fiel.

Faites que j'apprenne à vous suivre,
Que j'apprenne à suivre vos Loix;
Et faites que j'apprenne à vivre
Comme vous vivez sur la Croix.

Vous y souffrez la tyrannie,
Les cruautez & le mépris;
Et la plus grande ignominie
Est vôtre Couronne de pris.

Dans l'estat où je vous contemple,
Dans l'estat où je vous ay mis;
Faites, Seigneur, qu'à vôtre exemple,
Ie pardonne à mes ennemis.

STANCES.

BONTÉ qui toute autre surpasse,
Source de faveur & de grace,
IESVS divin Astre du jour;
Que j'attache mon crime à l'arbre qui vous porte,
Que vôtre main m'ouvre la porte
D'vn cœur tout penetré d'amour.

C'est là qu'il faut que je demeure,
Et qu'il faut que mon peché meure,
Cette playe est mon seul recours;
Vous m'en donnez, Seigneur, vne si forte envie,
Que j'ayme mieux perdre la vie
Que de n'y loger pas toûjours.

Loin de moy Palais magnifiques,
Superbes Chapiteaux, Portiques,

Monumens de la vanité;
Que vôtre pompe est fiere, & qu'elle est redoutable;
Puis qu'vn Dieu choisît vne Estable
Pour loger sa divinité.

IESVS, mon Sauveur & mon Maistre,
Vôtre humilité vous fait naistre
Comme le moindre vermisseau;
Vous quittez la splendeur & le sein de la gloire,
Pour vne creche obscure & noire
Qui vous sert de riche berceau.

Enseignez moy par vos souffrances
A mépriser les apparences,
D'vn bien qui n'est que vanité;
Vous faites voir, Seigneur, par toutes vos bassesses,
Que le vain éclat des richesses
Doit ceder à la pauvreté.

Ie dois souhaitter pour vous plaire,
L'abaissement & la misere,
Plus que tresors & que grandeur:
Ie dois bannir l'orgueil de cette vaine pompe,
Qui parmy sa clarté nous trompe,
Et qui n'est rien qu'vne vapeur.

Ne permettez pas que ma veuë
Puisse jamais estre deceuë,
Par des objets d'iniquité;

Eloignez

Eloignez de mon cœur cette flamme insensée,
Qui ne laisse dans la pensée
Que des objets d'impureté.

Empeschez-moy d'estre idolastre
De ces faux visages de plastre,
Où le mensonge est coloré:
Seigneur, deffendez-moy de leurs traits infidelles,
Et que le feu de mes prunelles
N'en soit jamais des-honoré.

Le moindre esclat me peut surprendre,
Et bien-tost me reduire en cendre,
Un trait me peut ouvrir le flanc;
Mon pauvre cœur est sec, il implore vôtre ayde,
Vous estes son puissant remede,
Arrosez-le de vôtre Sang.

Il n'en faut qu'une seule goutte
Pour combattre & mettre en déroute
Ces phantômes imperieux:
Helas! mon doux IESVS, faites que vos lumieres
Desserrent mes foibles paupieres,
Et je n'auray plus mal aux yeux.

Quand cette passion impure
Qui me gesne & me défigure,
Ne me tiendra plus sous sa loy;

Quand par vôtre ſecours j'auray fait penitence,
Ie vous demande avec inſtance
Que vous ayez pitié de moy.

STANCES.

SI j'eſtois aſſeuré que quelqu'un euſt envie
Sous un maſque d'amy d'attenter ſur ma vie,
Je voudrois m'oppoſer à ſon laſche deſſein:
Comment puis-je ſouffrir que des deſirs infames
Qui ſont les ſeducteurs des ames
Viennent pour me lancer le poignard dans le ſein?

Ces importuns tyrans que la moleſſe inſpire
S'efforcent dans mon cœur d'établir leur empire,
Et de s'y conſerver un pouvoir abſolu:
Leur inſolent projet ne tend qu'à ma ruïne,
Et leur autorité s'obſtine
A bien executer ce qu'elle a reſolu.

O Dieu mon ſeul appuy, donnez-moy la puiſſance,
De ſi bien reprimer leur injuſte licence,
Qu'elle n'attente plus contre ma liberté:
Faites-moy concevoir une haine mortelle
Contre cette douceur cruelle,
Qui traitte vos bontez avec tant de fierté.

Oppoſez vos attraits, & l'effort de vos armes,
Aux inviſibles traits que décochent leurs charmes,

Faites vn coup de Maiſtre en deffendant mon cœur :
Iamais la volupté n'y trouvera ſa place,
Si par vn ſecours efficace
Vôtre Amour entreprend d'en eſtre le vaincœur.

Ie confeſſe, ô mon Dieu, que je ſuis plus fragile
Qu'vn verre de criſtal, ou qu'vn vaiſſeau d'argile,
Qui d'vn debile choc à peine à ſe ſauver,
Helas ! je ſuis plus foible à la moindre ſecouſſe,
Qu'vn rozeau que le Zephir pouſſe,
Qui ſe voyant à bas ne ſe peut relever.

Apres qu'il vous a plû, mon Seigneur & mon Maiſtre,
De m'oſter du neant, & de me donner l'eſtre ;
Apres qu'il vous à plû de mourir pour nous tous,
Que vous m'avez montré le chemin du Calvaire,
Faites encor, Dieu débonnaire,
Qu'apres l'avoir ſuivy, je me repoſe en vous.

STANCES.

DIVIN Aſtre du Firmament,
Soleil où la grace eſt infuſe,
Decouvre à mon entendement
La fauſſe clarté qui l'abuſe,
Beauté de toutes les beautez
La Reyne, le triomphe, & la beauté premiere,

Fay moy voir aujourd'huy, qu'auprés de ta lumiere,
Tous les autres esclats sont des obscuritez.

Le feu qui ne vient pas de toy
N'est qu'vne exhalaison impure,
On peut dire qu'il n'est en soy
Que l'excrément de la nature,
Mais ton feu, Seigneur, est si pur,
Qu'il ne sçauroit souffrir ny mélange ny voiles,
C'est luy qui donne l'estre à toutes les étoilles,
Et qui les fait briller sur ces voûtes d'azur.

Que mon ame soit desormais
Ta retraitte, & ton sanctuaire?
Que ton Esprit y regne en paix,
Et qu'il ait sujet de s'y plaire,
Que je ne donne plus d'encens
Aux infames Autels des vanitez du monde,
O Dieu mon seul espoir, fay que la grace abonde
Où j'ay vû le peché captiver tous mes sens.

La source de mon pauvre cœur
S'en va sterile, & languissante,
Si ton soufle par sa vigueur
N'en fait vne source agissante,
Ie ne puis jetter vn soupir,
Si je n'y suis forcé par amour ou par crainte,
Ainsi je fais le bien avec de la contrainte,
Et je ne fais le mal qu'avecque du plaisir.

Que

Que j'ay raiſon de m'abaiſſer
Auprés de ta Majeſté ſainte,
Et que j'ay lieu de confeſſer
Le mal dont je reſſens l'attainte,
Puis que je pleure inceſſamment,
Et que je reconnois le fardeau qui m'accable,
I'eſpere que ta main me ſera favorable,
Et que tu ſuſpendras ton juſte chaſtiment.

Puis que tu m'as fait concevoir
L'énormité de mon offenſe,
Puis que j'invoque ton pouvoir,
Seigneur, tu ſeras ma deffenſe.
En vain j'aurois pû conſentir
Aux ſecrets mouvemens d'vne bonté ſi grande,
Si l'abolition que mon cœur te demande,
Du treſor de ta main ne pouvoit pas ſortir.

O mon Dieu, je croy qu'à mes vœux
Ta ſainte volonté s'accorde,
Quand ta grace fait que je veux,
L'effect ſuit ta miſericorde.
Precieux gage de ma foy,
Ie te donne mon cœur, que veux-tu davantage!
Si j'avois mille cœurs, ils ſeroient ton partage,
Ie n'en voudrois pas vn qui ne fuſt tout à toy.

STANCES.

SEIGNEVR à qui tout est soûmis,
Que vôtre Clemence est divine!
De donner à vos ennemis
Mille roses pour vn espine.
Quoy que par mon experience
I'admire infiniment l'excez de vos bontez,
Ie ne puis concevoir que vôtre patience
Ait souffert si long-temps de mes iniquitez.

Hé quoy ! ne vous lasser jamais
De l'attentat d'vn ver de terre?
Quoy mon Dieu luy donner la paix
Apres vous avoir fait la guerre?
Quoy regarder d'vn œil si doux
Vn traître qui vous hait & qui veut vous déplaire!
Pardonnez-moy, Seigneur, si je suis en colere,
De voir que vos bontez agissent contre vous.

Quoy que je sois le criminel,
I'ose parler contre moy-mesme,
Oüy, quand j'offense l'Eternel
Ie merite vn supplice extresme.
Apres l'énormité du vice,
Et les cruels assauts qu'il a toûjours soufferts,

Il faut que ſon amour mal-traitte ſa Iuſtice,
De rompre ma priſon, & de briſer mes fers?

Cœur ingrat peux-tu reſpirer
Pour vne infame creature?
Ozes-tu bien la preferer
Au ſeul Maiſtre de la nature.
Vn Dieu ſi bon & ſi clement
Sera-t-il le ſujet de ta méconnoiſſance?
Quoy? tu veux aujourd'huy détruire ſon eſſence,
Apres que ſon amour t'a tiré du neant?

Deteſte le cruel deſſein
Qui t'obſtine dans ta reuolte,
IESVS te preſente ſon ſein,
Sa Mort eſt vn temps de recolte;
Il brûle d'vne ſainte envie,
Que le Sang qu'il verſa ſur l'Arbre de la Croix,
Te faſſe meriter vne immortelle vie,
Et que ta volonté t'engage ſous ſes Loix.

Répons au divin mouvement
De ce doux Sauveur qui t'appelle,
Ce noble & precieux Amant
Ne deſire qu'vn cœur fidelle.
Mon ame r'entre en ton deuoir,
Invoque ſon ſecours, gemy, pleure, & ſoûpire,
Tu peux par tes ſanglots acheter ſon Empire,
Sa grace, & ta douleur t'y feront recevoir.

ELEGIE.

IL est vray, mon Sauveur, il faut vaincre ou mourir,
Et reclamer le bras, qui nous peut secourir,
Il faut estre puny d'vne mort eternelle,
Ou secoüer le joug d'vne loy criminelle,
Mais comment triompher de tous les ennemis
A qui l'impieté m'a tant de fois soûmis?
Ils ont fait à mon cœur vn si cruel outrage,
Que je manque aujourd'huy de force & de courage.
L'empire du peché m'accable sous le faix,
Mon esprit est couvert de nuages espais;
Mes yeux sont enchantez, ma raison est captive,
Et c'est de mon peché que tout mon mal dérive;
Oüy, Seigneur, je le dis à ma confusion,
I'ay pris la verité pour vne illusion,
Son esclat innocent ne m'a paru qu'vn songe,
Ses appas qu'vn abus, & sa voix qu'vn mensonge,
Je ne me suis repû que d'abscynte & de fiel,
Je les ay preferez à la manne du Ciel.
I'ay fait bien plus de cas d'vne beauté perfide,
D'vn plaisir passager, que d'vn bon-heur solide,
I'ay cherchay la clarté dans l'horreur de la nuit,
Et j'ay voulu trouver le repos dans le bruit;
Mais j'ay bien éprouvé par vn effet contraire,
Que le monde, & la chair ne peuvent satisfaire,

Et

Et qu'ils s'accordent mal avec l'eſprit humain,
Qui ne ſe peut remplir que d'vn noble deſſein,
La terre & ſa grandeur ſont encor trop petites,
Pour pretendre icy bas luy ſervir de limites,
Il eſt fait pour la gloire & pour l'Eternité,
Et Dieu ſeul eſt l'objet de ſa felicité?
O Seigneur, quand je penſe à ces crimes enormes,
Sous qui mon ame a pris tant de diverſes formes,
Ie n'oſerois parler au Dieu de Majeſté,
Que j'ay par mon forfait ſi ſouvent deteſté,
Il ne m'a pas ſi-toſt rétably dans mon eſtre,
Qu'il reçoit des baiſers d'vn ingrat & d'vn traiſtre,
Il m'ayme & je le hay, quelle effroyable horreur?
De traitter ſon amour avec tant de fureur,
Lors qu'il veut en ſecret entretenir mon ame,
Qu'il pretend l'échauffer d'vne divine flâme,
Ie ſuis ſi malheureux qu'au lieu de l'en loüer,
Ie m'efforce en public de le deſavoüer,
Au lieu de reconnoiſtre vne bonté ſi rare,
Ie perds le ſentiment & ma raiſon s'égare,
De crainte de le voir je me couvre les yeux,
Oüy, de peur de répondre au charme precieux,
Que répand deſſus moy ſa faveur nompareille,
Ie ſuis ingenieux à me boucher l'oreille,
Vne mortelle peur glace tous mes eſprits,
Et je fais le muet de crainte d'eſtre pris,
Ainſi j'ayme la guerre, ainſi j'ayme ma perte,

Et ne puis accepter la paix qui m'eſt offerte,
Ces deſirs violens dont je ſuis combatu
S'arment contre le Ciel & contre la vertu,
Ils oppoſent leur pointe & leur courſe rapide,
A cette pure ardeur, que la charité guide,
Et pour ſe rendre encor plus forts & plus puiſſans,
Ils ſont d'intelligence avecque tous les ſens,
Ils ſuivent le party de ces voluptez moles
De ces laſches plaiſirs dont ils ſont les idoles.
Hé ! comment au travers de cette obſcurité
Pourrois-je voir l'eſclat de la Divinité?
Comment pourrois-je craindre vne ſublime eſſence,
Dont mon impieté méconnoiſt la puiſſance;
O Seigneur, ſi tu veux que j'apprenne à t'aymer,
Luis encor à mon ame, & la viens enflammer,
Mais pour la rétablir & rompre ſon obſtacle,
Il faut en ſa faveur faire vn nouveau miracle;
Il faut rompre le clou qui me tient attaché
Sous le funeſte joug du monde, & du peché.
Dieu de gloire & d'amour viens diſsiper ma crainte,
Viens affranchir mon cœur d'vne injuſte contrainte,
Empeſche le Demon de le tyranniſer,
Oüy, ce cœur eſt vn roc, mais tu le peux briſer,
Tu peux par les efforts de tes amoureux charmes,
Le contraindre à jetter des ſanglots & des larmes;
Quand il ſeroit encor cent fois plus endurcy,
Quand mes crimes l'auroient encore plus noircy,

Ton ſang peut l'amolir, il a le privilege
De le rendre plus pur & plus blanc que la neige,
C'eſt l'ouvrage d'vn Dieu qui s'expoſa pour moy,
A toutes les rigueurs d'vne ſanglante loy!
Il ne manque jamais à donner le remede,
Lors qu'avec des ſouſpirs on implore ſon ayde.
Sur cette confiance, ô mon vnique objet!
Ie viens en qualité d'amant & de ſujet,
T'offrir & mes deſirs & ma reconnoiſſance.
Ie fais vœu de t'aymer de toute ma puiſſance,
Et plûtoſt que mon cœur manque à ce qu'il pretent,
Que je meure auſſi-toſt, & je mourray content,
En expirant ainſi ma mort ſera ſuivie
Du bon-heur que produît vne eternelle vie.

STANCES.

QVand pour mieux contempler tes grandeurs eternelles,
Il me ſeroit permis d'avoir de la clarté,
I'aymerois mieux couper les plumes de mes aiſles,
Que d'ozer approcher de ta Divinité,
Il m'eſt plus doux, Seigneur, de te voir dans tes langes,
Que de voir par deſſus tous les trônes des Anges,
Ta Majeſté qui brille avec tant de ſplendeur:
Là je te conſidere en qualité de Iuge,
Et je te trouve icy mon vnique refuge,
Mon ſuport & mon Redempteur.

Par les liens ſacrez d'vne amour toute pure,
Par les divins tranſports d'vn feu de charité,
Tu ſçais joindre pour moy l'vne & l'autre nature,
Pour me tirer des fers de ma captivité.
Tu viens ſouffrir le froid, le travail, & la peine,
Qui ſont toûjours vnis à la nature humaine,
Mon peché t'a trahy, ton amour t'a vendu,
C'eſt toy qui fais deſſein de te livrer toy-meſme;
Tu viens pour rétablir par vn ſupplice extreſme
Le ſalut que j'avois perdu.

Comme Eſtre ſouverain qui regle toute choſe,
Tu fais mouvoir le Ciel par de puiſſans reſſors,
Comme Dieu tout benin qui de tous biens diſpoſe,
Tu me combles d'honneur, de gloire & de treſors;
Apres tous les effects d'vne bonté ſi rare,
Où mon eſprit ſe perd, où ma raiſon s'égare,
Puis-je encor eſtre ingrat divin Aſtre du jour?
Puis-je ne brûler pas d'vne ardeur immortelle?
Et pour vne beauté ſi grande & ſi fidelle,
Mon cœur peut-il manquer d'amour?

STANCES.

STANCES.

QVE tu nous fais de grace & de misericorde !
Et que c'est vn effet de ta grande Bonté !
Quand tu ne permets pas que le succez s'accorde,
Aux lasches mouvemens de nostre volonté !
Nous avons si peu de constance,
Si peu de force & de vigueur ;
Qu'aux moindres ennemis qui nous font resistance,
Nous perdons l'esprit & le cœur.

Les appas enchanteurs d'vne beauté mortelle,
Nous remettent au joug qui nous avoit contraint,
Il ne faut bien souvent qu'vne seule étincelle,
Pour r'allumer vn feu qui sembloit estre étaint.
Vn interest de peu de chose,
Nous fait affront & deshonneur,
Et le bien qui nous flate est celuy qui s'oppose
A nôtre solide bon-heur.

Vn petit vent qui bruit nous donne des alarmes,
Et nous sommes deçeus par de foibles attraits,
Quand le Ciel nous invite à répandre des larmes,
L'infame volupté nous perce de ses traits,
Dans ce combat l'ame balance
Entre la crainte & le desir,

Et comme nôtre esprit est la mesme inconstance,
Il ne sçait ce qu'il doit choisir.

Nous conservons toûjours le déplorable reste,
D'une rebellion, & d'un crime fatal,
C'est ce qui fait couler cette source funeste,
Où naissent les desirs qui nous portent au mal.
Hé! bon Dieu que nôtre nature
Est exposée à d'accidens!
Un ennemy caché la met à la torture,
Et rend ses malheurs évidens.

Que l'homme est emporté dans son extravagance,
Qu'il est vain, luy qui n'est qu'un simple vermisseau,
Dieu que cette vertu qui fait son arrogance,
Establît son sejour dans un foible vaisseau!
Sous le faix du mal il succombe,
Si tu ne luy sers de support,
Si tu ne le soûtiens, ne vois-tu pas qu'il tombe?
Et qu'il s'en va droit à la mort.

Mais quand il te choisît pour son apuy supresme,
Il entre dans la lice avec ses ennemis,
Quand tu le fais agir, il se combat soy-mesme,
Et n'est jamais si fort qu'alors qu'il t'est soûmis.
Oüy, quand tu luy prestes des armes,
Et que son œil guide ses pas,

Quoy qu'il puſt reſiſter au pouvoir de tes charmes,
Pourtant il n'y reſiſte pas.

Seigneur, quand ton amour luy donne de la crainte,
Et qu'il l'aſſujettît ſous tes aymables fers,
C'eſt alors qu'il aquiert une liberté ſainte,
Et que ſon cœur n'eſt plus eſclave des enfers.
Puiſque nous ſommes ton ouvrage,
Conſerve ce qui t'appartient;
Le plus cruel Demon ne nous peut faire outrage,
Lors que ta grace nous maintient.

STANCES.

PECHEVR *ne fais plus reſiſtance*
A l'inſpiration qui te veut ſecourir,
Et n'attens pas à faire penitence,
Quand tu ſeras preſt de mourir.
Le Seigneur qui t'eſt favorable,
Veut que tu ſois ſenſible aux graces qu'il te fait,
Quoy qu'il ſoit doux, il eſt inexorable,
Quand on s'obſtine en ſon forfait.

Il parle bas, ouvre l'oreille,
Si ton cœur endurcy pretend d'eſtre touché,
Ne vois-tu pas que ton eſprit ſommeille,
Et que tu dors dans le peché!

Tu dois exciter ta paresse,
Et répondre à la voix qui t'appelle aujourd'huy,
Pour mettre bas le fardeau qui te presse,
Il faut reclamer son apuy.

Mais sur tout sers toy de son ayde,
Et ne differe pas dans une autre saison,
A recevoir le facile remede
Qui doit causer ta guerison.
Si ta stupidité refuse
Le prompt soulagement qu'il offre à ta douleur,
Tu ne pourras jamais trouver d'excuse,
Qui puisse couvrir ton malheur.

Lors qu'il épanche dans ton ame
L'agreable parfum d'une sainte liqueur,
Efforce-toy de conserver la flame
Dont il veut embrazer ton cœur;
Fay que ta volonté s'exerce,
A cultiver si bien ces divins mouvemens,
Quelle n'ait plus de funeste commerce,
Avec tous tes déreglemens.

Pour que ta playe soit curable,
Et que de ton orgueil tu sois bien détaché;
Tiens à ton Dieu, ce discours admirable,
O mon doux Sauveur, j'ay peché.

Si tu

Si tu dis avec repentance,
Des mots si penetrans, si pieux, & si saints,
Dans tes soûpirs, & dans ta penitence,
Tes feux impurs seront étains.

Il faut les dire de bonne heure,
Il faut verser des pleurs, & te frapper le sein,
Lors qu'on attend à soûpirer qu'on meure,
On fait un criminel dessein;
Ce beau mot que l'amour respecte,
Ne doit pas estre dit par un dernier effort,
Une douleur est toûjours bien suspecte,
Qui ne se produît qu'à la mort.

Alors que nostre ame est attainte
D'un sensible regret dans cette extremité,
Cette douleur est un effet de crainte,
Plus que de bonne volonté.
Il faut qu'un saint amour nous touche,
Luy seul a le pouvoir d'expier nos forfaits;
Un repentir qui n'est que dans la bouche,
Engendre de mauvais effets.

Lors que nostre ame est asservie,
Aux foiblesses d'un corps qui ne peut respirer,
Nous regrettons la perte de la vie,
Et c'est ce qui nous fait pleurer.

Quelle insupportable folie,
De ne se convertir que dans l'extremité?
Qu'on a de peur & de melancholie,
D'envisager l'Eternité!

C'est pour lors qu'vn amas de crimes
A nostre esprit confus s'expose & se fait voir,
Dans cet estat nous sommes les victimes
De la mort & du desespoir.
Ainsi pecheur brize ta chaisne,
Cependant que le Ciel veut escouter ta voix;
Ton cœur est libre, il peut faire le choix,
Ou du repos ou de la gesne.

L'affaire est de telle importance,
Que c'est contre toy-mesme estre trop inhumain,
De differer à faire penitence
Du jour present au lendemain.
Que par vn foible & vain caprice,
Tes sens & ta raison ne soient plus mutinez,
Tu peux encor éviter le supplice,
Qui suit le destin des damnez.

Demande que son œil dissipe
Les nuages épais qui produisent tes maux;
Demande-luy que ton cœur participe,
Aux merites de ses travaux.

Lors qu'il permet qu'on luy demande,
Il donne le repos, la lumiere, & le jour,
Quand son esprit persuade, il commande,
Et ne force que par amour.

Va-t-en de bonne heure à la source,
D'où dérivent les biens & les felicitez,
Et n'attens pas à la fin de ta course,
A pleurer tes iniquitez.
Ce conseil est pur & sublime,
Il n'a rien que de grand & de mysterieux,
Si tu le suis, la grace qui l'anime,
Te fera voir Dieu dans les Cieux.

AVANT LA CONFESSION.

STANCES.

O *MERVEILLE qui tout surpasses,*
Source & tresor de tous les biens!
Tu vois vn criminel, viens rompre ses liens,
Par le secours de tes divines graces.
Ta bonté me peut reprocher
Que je suis plus dur qu'vn rocher,
De n'estre pas touché de l'horreur de mon crime:
Puis-je fléchir vn Dieu que j'ay tant outragé?

Oüy, Seigneur, tu me peux retirer de l'abysme
Où je me suis encor plongé.

Ta Clemence m'est asseurée,
Pourvû que je te serve mieux,
Tu ne te lasses point de courir en tous lieux,
Pour ramasser ta brebis égarée;
Seigneur, tu la vois devant toy,
Plaine d'épouvante & d'effroy,
De se voir attaquer par vn Loup sanguinaire,
Empesche, s'il te plaist, son violent effort,
Et viens en qualité de Sauveur debonnaire,
L'ôter des griffes de la mort.

Si tu ne me sers de retraite,
Je suis bien-tost à l'abandon,
Seigneur, pour m'accorder vn facile pardon,
Donne à mon ame vne douleur parfaite;
O Dieu de Iustice & de Paix!
Viens abolir tous mes forfais!
Vien dißiper l'erreur dont mon ame est seduite,
Et fay que sur les flots d'vn perfide élement,
Quelque Pilote expert par sa bonne conduite,
Me fasse voguer seurement.

Fay que je quitte sans contrainte
Les vaines douceurs du peché,

Fay

Fay mon doux Redempteur, que j'en ſois détaché,
Par ton amour plûtoſt que par la crainte:
Fay qu'aprés avoir deteſté,
Au trône de ta Majeſté,
L'excez de mon orgueil, & de mon ignorance;
I'évite deſormais le peril de tomber:
Fay qu'eſtant bien inſtruit, je ſois en aſſeurance,
De ne pouvoir plus ſuccomber.

Fay que ta Bonté paternelle
Me donne vn remors continu,
Et commande à mon œil d'eſtre ſi retenu,
Que rien que toy ne guide ſa prunelle.
Fay que je détourne mes pas
Des embuſches & des appas,
Que l'infame peché dreſſe pour me ſurprendre:
Conſerve-moy, Seigneur, dans les proſperitez,
Et fay qu'en te ſervant mon cœur puiſſe comprendre
Tes eternelles veritez.

Fay qu'en toy ma ſeule deffenſe,
Se confondent tous mes deſirs;
Fay qu'ayant ſoûpiré, mes pleurs & mes ſoûpirs,
Puiſſent vn jour effacer mon offenſe.
Quoy que la rage des Enfers
Me tienne captif ſous ſes fers,
Tu me déferas d'eux & de leur tyranie,

O

Seigneur, quoy que je ſois dans vn eſtat abjet,
Ie dois tout eſperer d'vne grace infinie,
Dont mon crime eſt le ſeul objet.

En eſperant je me propoſe,
De mourir plûtoſt mille fois,
Que de n'obeïr pas à ces divines loix,
Que ta juſtice ou ton amour impoſe:
Que je t'ayme ſi fortement,
Que je ne puiſſe eſtre vn moment
Sans eſtre conſumé de ta beauté ſupreſme;
O Dieu mon ferme apuy, mon Sauveur & mon Roy!
Ie ne te veux aymer qu'à cauſe de toy-meſme,
Et non pas pour l'amour de moy.

Fay que de ta Majeſté ſainte,
Mon pauvre cœur ſoit plus eſpris,
Qu'il n'a pour les tourmens des malheureux eſprits,
D'averſion, de terreur, & de crainte;
Fay que le deſir de te voir,
M'engage plus à mon devoir,
Que ne fait la rigueur des eternels ſupplices:
Enfin, mon doux IESVS, ſeul objet de mes vœux,
Fay qu'eſtant immortel, je gouſte les delices
Que tu donnes aux Bien-heureux.

APRES LA CONFESSION.

STANCES.

MON doux Liberateur, mon aymable IESVS,
Que vostre grace est infinie!
De r'entrer dans vn lieu dont le crime & l'abus,
L'avoient injustement bannie;
I'estois dans vn cachot affreux,
Esclave du Demon, esclave de moy-mesme,
Et par vne faveur extresme,
Vous voulez aujourd'huy que je sois Bien-heureux.

Vous voulez que mon cœur s'attache auprés de vous,
Avec vne liberté sainte,
Et qu'il ne soit captif sous des liens si doux,
Que par vne libre contrainte:
Helas! qu'il seroit criminel,
Si pour vn Dieu si grand, & si plein de Clemence,
Il manquoit de reconnoissance,
Et s'il ne luy rendoit vn hommage eternel.

O Seigneur, animez mon zele & mes desirs,
D'vn feu qui conserve sa flâme!

Et ne rejettez pas les amoureux souspirs,
D'vn Penitent qui vous reclame:
C'est par vostre vnique Bonté,
Que le roc de mon cœur sera reduit en poudre,
Et que vous le ferez resoudre,
A ne retourner plus à son iniquité.

Qu'il m'est avantageux de mettre entre vos mains
Ma conduite, & mon esperance!
O mon Dieu qu'il m'est doux d'asservir mes desseins
Aux Loix de vostre Providence!
En demandant ma guerison,
Je me voy deliuré d'vn estat miserable,
Et vôtre œil m'est si fauorable,
Que d'vn regard qu'il jette il force ma prison.

Seigneur, vous m'obligez à voguer sur l'azur,
D'vne mer d'amour & de grace,
Le vent qui me conduit, est si saint & si pur,
Qu'il cause toûjours la bonnasse;
Il souffle avec vn si bel art,
Qu'il ne permet jamais que son onde se ride,
Et la nef qui le prend pour guide,
Dessus cet element ne court point de hazard.

C'est vôtre Esprit, mon Dieu! qui de son mouvement
Produit cette haute merveille,

Sa vertu dans nos cœurs agiſt inceſſamment,
Quand nous dormons, c'eſt luy qui veille;
Il eſt toûjours à nos coſtez:
Il eſt ſi liberal, ſon amour eſt ſi grande,
Qu'il fait plus qu'on ne luy demande,
Tant il eſt bien inſtruit de nos neceſſitez.

C'eſt par vous, ô mon Pere, & mon divin Sauveur,
Que je me veux couvrir de cendre,
Je ne merite pas vne telle faveur,
Et pourtant je l'oze pretendre;
Vôtre Sang me fait eſperer,
Qu'il a pour mon ſalut vne force efficace,
Que mon cœur n'eſtant plus de glace,
Il doit eſtre de feu pour vous mieux adorer.

J'eſtois vn vagabond, je periſſois de faim
Au milieu d'vn bourbier infame,
Et maintenant vn Dieu me loge dans ſon ſein,
Et promet de nourrir mon ame:
C'eſt vn prodigieux effet,
Qu'on ne peut exprimer, ſi ce n'eſt par vous-meſme,
Il faut vne Bonté ſupreſme,
Pour aymer les pecheurs d'vn amour ſi parfait.

Oüy, Seigneur, vous m'aymez, & je n'en puis douter,
Ie ſers vn Dieu ſi débonnaire,

Qu'il s'engage toûjours à me solliciter,
Pour luy declarer ma misere ;
Quand je tombe dans le peché,
Il regarde mon mal, sa Bonté me releve,
Et n'a point avec moy de tréve,
Iusqu'à tant que sa main ne m'en ait détaché.

Il me fait admirer l'esclat de la Vertu,
Il me captive de ses charmes,
Et par des traits d'amour mon cœur est combatu,
Iusqu'à tant qu'il rende les armes.
Il veut qu'on pleure saintement,
Pour avoir preferé l'insolence du vice,
A la douceur de son service,
Qui n'établît jamais qu'un Empire charmant.

C'est ainsi, mon Sauveur, que vous nous prevenez
Par une lumiere brillante ;
Ainsi nous agissons, lors que vous soûtenez
Nôtre foiblesse chancelante ;
Seigneur, mon unique flambeau,
Excitez ma douleur à la perseverance,
Et faites que mon esperance,
Accompagne mon cœur jusques dans le tombeau.

AVANT LA COMMVNION.

ELEGIE.

O DIEV dont la grandeur ſurpaſſe toute choſe,
Dont l'amour infiny de ta grandeur diſpoſe,
Abyſme inconcevable aux Bien-heureux Eſprits,
Qui les comprenant tous n'en peut eſtre compris:
Fay que pour adorer vn Eſtre ſi ſublime,
Ie faſſe de mon cœur vne pure victime:
Fay qu'en reconnoiſſant les biens que tu me faits,
Ie reconnoiſſe auſſi l'horreur de mes forfaits:
Fay que dans les treſors que ta main me déploye,
Ie pleure en meſme temps de douleur & de joye:
Fay qu'en me preparant à faire mon devoir,
Ie diſpoſe mon ame à te bien recevoir.
Pour gagner ton Eſprit avec de puiſſans charmes,
Il ne faut que gemir, & que verſer des larmes;
Ie t'en donne aujourd'huy du profond de mon cœur,
Ie veux que ton amour en ſoit le ſeul vaincœur,
Ie veux qu'il ſoit à toy, je veux qu'il ne reſpire,
Que ſous l'aymable joug de ton divin Empire,
Ie me perds, ô Seigneur, quand je penſe à l'eſtat,
Où mon crime à reduit vn ſi grand Potentat,

Quand je pense qu'vn Dieu s'est pour moy fait paßible,
Que pour se rendre aymable, il s'est rendu visible,
Que de peur d'estre craint, il s'est voulu voiler,
Afin que son amour le pût mieux immoler.
O merveilleux effet d'vn amour sans exemple!
Viens loger dans mon cœur, viens y bâtir vn Temple,
Viens aymable IESVS, fortifier ma foy!
Viens esclairer mon ame, & triompher de moy.
Viens mon doux Redempteur nourrir mon esperance,
Viens-t'en la consoler des nuits de ton absence:
Fay, Seigneur, que ta grace & ton humanité,
Que ta vertu, ton ame, & ta divinité
S'vnissent à mon cœur, qu'ils soient sa nourriture,
Par les puissans effets de leur double nature;
Nourry-moy de ce pain, dont l'aliment est tel,
Qu'il fait vivre l'esprit, & le rend immortel,
En me donnant, Seigneur, cette source feconde,
Tu me dégoûteras des vanitez du monde,
Tu me feras chercher des plaisirs eternels;
Tu purgeras mon cœur de desirs criminels,
Et tu le muniras de force & de constance,
Apres l'avoir nourry de ta propre substance,
Change mon ame en toy par tes divins ressors;
Comme ton aliment se change dans mon corps:
Fay que je sois couvert d'vne mortelle glace,
Pour voir à découvert les beautez de ta face:
Fay que je sois rejoint à l'estre de mon bien,

Fay

Fay que tu ſois toûjours mon unique entretien,
Excite mon amour, & te joins à mon ame,
Par des liens ſacrez, & des baiſers de flâme,
Détache-moy d'icy pour m'attacher à toy:
Fay qu'apres t'avoir vû par les yeux de ma foy,
Mon ame ſoit portée aux deſſus des Eſtoiles,
Pour y voir ta beauté ſans nuage & ſans voîles;
C'eſt le comble d'honneur & de felicité,
Que me fait eſperer ton extrême bonté.

APRES LA COMMVNION.

ELEGIE.

IL eſt donc vray, mon Dieu, que l'ardeur de ta flâme,
Vient encor échauffer les glaçons de mon ame,
Tu viens perçer mon cœur d'une fléche d'amour,
Tu veux que ta grandeur y faſſe vn long ſejour,
Il dépend de toy ſeul d'y regner à toute heure,
Tu peux t'y conſerver une ſainte demeure;
Tu n'as qu'à le vouloir par des ordres ſecrets;
L'effet ſuivra bien-toſt tes ſouverains decrets:
O prodige d'amour! ô profonde ſageſſe!
O treſor infiny dont tu me fais largeſſe,
Tu te donnes pour moi ſi liberalement,
Que jamais ton pouvoir n'agît plus fortement:

Quoy tu descens du Ciel pour habiter la terre?
Quoy ton Estre infiny dans ce pain se r'enserre?
Tu transformes mon ame, & tu te joins à moy
Par les liens sacrez d'vne eternelle foy.
Quoy, tu la fais r'entrer dans sa fin glorieuse?
Tu n'attens pas qu'au Ciel elle soit bien-heureuse;
Tu fais son Paradis & sa felicité,
Dans vn sejour de peine, & de mortalité;
Puis qu'il est vray, Seigneur, que ta divine Essence,
Veut demeurer en moy par sa Toute-puissance;
Puis que mon cœur te loge, il prend la liberté
De t'exposer son mal & sa necessité;
Seigneur, j'ose esperer d'vne bonté si grande,
Qu'elle m'accordera ce que je luy demande;
Ne me refuse pas les merveilleux effets,
Que ton amour produit quand tu donnes la paix:
Fay que je sois brûlé d'vne flâme sincere,
Et qu'eternellement mon ame te revere,
Que je cesse plûtost de respirer le jour,
Que de m'assujettir aux loix d'vn autre amour.
La grace que j'attens de ta grandeur immense,
Est vn bien qu'elle fait & qu'elle recompense;
Tu couronnes ton œuvre, & tu produis en nous
Ce qui fait esperer de t'avoir pour espoux;
Tu nous fais travailler par des secours propices;
Tu veux estre obligé de payer nos services,
Tu veux estre le prix de tes propres bien-faits,
Et que nous respondions aux faveurs que tu fais;

N'est-il pas vray, Seigneur, que ta bonté supresme,
Ne nous peut rien donner de si grand que toy-mesme?
Par la sainte union qui me joint à ta chair,
Par ce flambeau d'amour dont je respire l'air,
Fay que je meure en toy, fay qu'en toy seul je vive,
Et qu'amoureusement ta grace me poursuive:
Fay qu'estant possedé de ses divins appas,
Plein d'ardeur & de foy j'expire entre tes bras.
N'est-il pas vrai, Seigneur, que ta misericorde,
Par des torrens d'amour dans les cœurs se déborde,
Et que tu prens plaisir d'estre sollicité,
Pour nous combler de gloire & de felicité?
Je te supplie encor, ô mon divin Principe,
Qu'aprés tous ces tresors où mon cœur participe,
Ceux que ta Providence a fait sortir de moy,
Benissent ton saint Nom, & reverent ta loy,
Qu'ils ne suivent jamais cette fatale pompe,
Dont l'esclat enchanteur nous aveugle & nous trompe,
Qu'ils ne soient point espris de ces objets flateurs,
Qui perdent leurs captifs & leurs adorateurs,
Instrui-les, mon Sauveur, à bien dire & bien croire,
Que leur seul interest soit celuy de ta gloire;
Excite leur courage, & les fay souvenir,
Qu'il n'est rien de si grand que de t'appartenir,
Ne leur impute pas l'iniquité d'un pere,
Dont l'habitude au mal provoque ta colere;
Imprime sur leur front cette marque d'honneur,
Qui comble tes enfans d'un eternel bon-heur:

Fay qu'ils soient reconnus par le feu de leur zele,
Pour estre des Esleus & du party fidele;
Incline ton oreille à mes justes souhaits,
Que ma posterité ne t'offense jamais,
Que nous ne tombions pas dans ce desordre infame,
Qui détruît le salut, & qui fait perir l'ame.
O Dieu de mes desirs, mes vœux seront contens!
Si je puis obtenir les graces que j'attens,
Si ton Nom glorieux, les delices des Anges,
Reçoit dans l'Vniuers de publiques loüanges;
Si nos freres errans dont l'incredulité,
Combat, & ta presence, & ta realité,
Reconnoissent leur faute, & viennent sans feintise,
Pour croire avec respect tout ce que croît l'Eglise.
Conserve, s'il te plaist, vn jeune Potentat,
Qui tient sous ton apuy les resnes de l'Estat;
Beny le sacré nœud qui vuide nos querelles,
Par l'étroitte vnion de deux ames fidelles,
Et qui va rétablir ces Temples démolis,
Où l'on vit arborer, & la Croix, & les Lis:
Fay que d'vn mariage où tant de gloire abonde,
Il sorte des Cesars qui gouvernent le monde,
Et qui forcent encor le perfide Turban,
A quitter le Calvaire, & le fameux Liban:
Seigneur, sauve mon Prince, & luy donne en partage,
L'Empire & les tresors du celeste heritage;
Et comme tu sçais l'art de disposer des cœurs,
Fay nous ceder aux traits de tes charmes vaincœurs.

STANCES.

ROchers, costeaux, valons, à qui j'ay tant de fois
Raconté mes langueurs, & mes peines frivoles,
Echo qui respondiez à ma funeste voix,
Et qui pour m'affliger repetiez mes paroles;
Vous fustes les témoins d'vn amour criminel,
Et d'vne passion qui m'a fait tant d'outrage,
Mais comme j'ay changé d'objet & de courage,
Vous sçaurez que mon cœur n'est plus qu'à l'Eternel.

Lors que vous entendrez mes soûpirs, & ma plainte,
Ne vous offensez pas de leurs tristes accens?
Ma douleur vous dira que la cause en est sainte,
Et qu'aussi les effets en sont tous innocens.
Je pleure de regret d'avoir passé mon aage,
Au service d'vn Maistre à qui tout est permis;
Je me plains que mon cœur ait le desavantage,
De recevoir la loy de tous ses ennemis.

Mes sens ont abuzé de ma foible raison,
Ils se sont revoltez contre leur souveraine?
Pour faire pis encor ils l'ont mise en prison,
Pouvoient-ils la traiter avecque plus de haine?
Ie suis le seul coupable, ô Monarque benin!
De mon propre malheur, je veux ourdir la trame,

Ie me ſuis efforcé de détruire mon ame,
Et de l'empoiſonner par vn mortel venin.

Mon inclination m'eſt encor plus contraire,
Que ne ſont les Demons qui fabriquent mes fers,
Ie n'ay point icy bas de ſi grand adverſaire,
Mon eſprit la craint plus qu'il ne craint les Enfers?
Seigneur, mon ſeul eſpoir, mon vnique merueille,
Guery mon pauvre cœur, ou m'en donne vn nouveau,
Qu'vn rayon de ton œil m'eſclaire & me réveille,
Et mon ame à l'inſtant ſortira du tombeau.

ELEGIE.

APRES tant de travaux, & de tourmens ſouffers,
Sous le peſant fardeau de mes injuſtes fers,
La grace que j'invoque, ô Sauveur de mon ame!
N'a-t-elle pas encor ſes charmes & ſa flâme,
Pour faire que mon cœur en quittant ſa fierté,
Recouvre auec plaiſir ſa douce liberté.
Seigneur, tout eſt facile à ton pouvoir ſupreſme,
Tu me peux aiſément détacher de moy-meſme;
Tu me peux garantir des ſecrets mouvemens,
Qui cauſent ma diſgrace, & mes déreglemens;
Ie ſuis ingenieux à chercher mon dommage,
I'efface de ma main les traits de ton image,

Ie fais ce que je puis pour violer tes loix,
Et pour aneantir ta puissance & tes droits.
Oppose-toy, Seigneur, à mes vœux sacrileges,
Rétably ma raison dans tous ses privileges:
Fay succeder la grace à mon aveuglement;
Fay que ma liberté te poursuive ardemment!
Fay qu'elle soit toûjours captive de tes charmes,
Et que j'arrive à toy par vn chemin de larmes.
Ha! Seigneur, qu'il est doux de ressentir les traits,
Que lance vne beauté qui ne finit jamais.
Ha! qu'il est doux d'aymer de toute sa puissance,
La gloire & la splendeur d'vne divine essence;
Qu'vn cœur est infidelle à l'objet de son bien,
Qui veut estre engagé sous vn autre lien.
Quand on s'attache à toy par vn nœud volontaire,
Qu'on est de ta grandeur le noble tributaire,
Ce titre d'esclavage est plus grand mille fois,
Que la pompe & l'esclat des plus superbes Rois:
Te plaire & te servir est regner sur la terre;
Tout esclat hors de toy, n'est qu'vn esclat de verre,
Ce n'est qu'vn bois pourry dont la clarté seduit,
Ce n'est qu'vn petit ver qui brille dans la nuit,
Mais ta clarté, Seigneur, est si vive & si belle,
Qu'elle agît en tous lieux, & qu'elle est immortelle,
Puisque c'est le seul bien qui me puisse toucher,
Fay que mon cœur possede vn bien qui m'est si cher.

ELEGIE.

SEra-ce dans l'Esté, dans l'Hyver, dans l'Autonne,
Où bien parmi les fleurs que le Printemps nous donne,
Qu'il faudra se resoudre à ne voir plus le jour,
Et qu'il faudra changer de vie & de sejour:
Est-ce un mal de poulmon, une chaleur brûlante?
Est-ce un venin secret? est-ce une fiévre lente?
Qui doivent étouffer tous ces charmans accords,
Qui font la liaison de l'ame avec le corps?
Tant de maux differens ne regnent sur la terre,
Que pour nous attaquer, & nous faire la guerre,
Nul ne sçait icy bas par quel genre de mort,
L'estre qui regle tout doit terminer son sort;
Quoy que nous ignorions, le temps, le jour, & l'heure,
Qu'il faut abandonner cette triste demeure,
Nous sommes asseurez, que ce fatal moment,
Encor qu'il vienne tard, vient toûjours promptement.
L'Ordonnance du Ciel est une Loy certaine,
Qui range à son devoir l'ame la plus hautaine;
Le sceptre & la houlette ont un pareil destin,
Des Rois, & des Bergers, la mort fait son butin:
Il n'est point de grandeur que sa faux ne moissonne,
Et l'aveugle qu'elle est ne distingue personne.

Tout

Tout ce qui me ſurprend dans ces effets divers,
N'eſt pas que nous ſerons la paſture des vers,
Que la maſſe du corps à la terre aſſervie,
Ne pourra plus gouſter les douceurs de la vie,
Et qu'eſtant devenus les hoſtes malheureux,
D'vn ſejour qui n'a rien que d'obſcur & d'afreux,
Nous ſoyons condamnez en perdant toutes choſes,
A garder vn tombeau, dont les barrieres cloſes,
Ne permettent jamais à ceux qu'il a chez ſoy,
D'en ſortir, pour revoir les gages de leur foy.
Perdre ces doux objets qui faiſoient nos delices,
Eſt vn mal au deſſus des plus cruels ſupplices:
Mais tous ces accidens ne ſont rien à l'égal,
Des ſuittes de la mort qui font le plus grand mal.
Conçoy, cher Agathon, ce que c'eſt que d'vne ame,
Qui par le foible effort d'vne legere flame,
Demeure quelque temps dans ſa triſte priſon,
Et qui conſerve encor le ſens & la raiſon;
Conſidere la peine où la crainte l'abîme,
Au ſouvenir qu'elle a de l'horreur de ſon crime,
Et qu'elle va paroiſtre en ce terrible lieu,
Où l'on voit eſclater la juſtice de Dieu.
Deſia ſa conſcience eſt ſon funeſte Iuge,
Et rien ne luy ſert plus d'appuy, ny de refuge,
Son forfait luy reproche vne infidelité,
Qui doit eſtre punie avec ſeverité,
Comme cette ame encor eſt foible & criminelle,
Qu'elle croit meriter vne peine eternelle,

Elle ſoufre des maux dans ces derniers momens,
Qui deſia des damnez égalent les tourmens.
Paſſe cher Agathon au tribunal ſupreſme,
C'eſt là que tu verras condamner le blaſpheme;
Qui pour avoir agy contre vn Eſtre infiny,
D'vn ſupplice eternel eſt juſtement puny.
Hé! que deviendrons-nous dans ce jour effroyable,
Pres de la majeſté d'vn Juge impitoyable?
Pres d'vn Dieu qui pour lors ne ſe plaiſt qu'à tonner,
N'eſtant plus en eſtat de vouloir pardonner.
Amy n'eſperons pas de ſa grandeur immenſe,
Qu'en cette conjoncture elle vſe de clemence,
Quand l'eſprit eſt encor dans vn tombeau vivant,
Que ſa flâme l'excite & le va pourſuivant,
Que ſon œil le conduît, que ſon amour l'inſpire,
Et qu'il l'aſſujetît à ſon divin Empire;
Quand il veut que ſa grace agiſſe avec effet,
C'eſt la miſericorde & la grace qu'il fait.
Pendant que ſa bonté nous eſt encor propice,
Ne nous engageons pas dedans le precipice,
On ne reſort jamais des cachots tenebreux,
Où l'arbitre du ſort retient les malheureux.
Hé! Dieu ne faiſons pas dans le temps qui nous reſte,
Vne étroite vnion, vne amitié funeſte
Avec ce faux eſclat qui ne luit qu'à deſſein;
De nous porter toûjours la mort dedans le ſein.
Perdons le ſoin de plaire à ces yeux infidelles,
Qui jettent dans les cœurs des flames criminelles,

Evitons ces beautez qui cherchent du poiſon,
Pour endormir les ſens, & troubler la raiſon,
Enſeigne deſormais ton vigoureux Genie,
A cultiver plûtoſt la celeſte Uranie,
Que ces Muſes qui n'ont ny d'apas ny d'atraits,
Que pour favoriſer & l'amour & ſes traits.
Ne pare plus tes vers de ce fard ſacrilege,
Qui donne à des mortels par un faux privilege,
Ce qu'on ne peut donner, qu'à ce puiſſant Moteur,
Qui de tout eſt l'arbitre & le ſuprême auteur.
Il eſt jaloux d'un cœur qui donne à des maîtreſſes,
Ce qu'il a de ſoûpirs, de vœux & de tendreſſes,
Comme il merite tout, que tout luy doit ceder,
Ne nous étonnons pas s'il veut tout poſſeder.
La gloire qui t'engage à porter une eſpée,
Qu'en des emplois d'honneur elle tient occupée,
Anime ton courage, & t'oblige à choiſir
Un ſujet qui réponde à ton noble deſir;
C'eſt elle qui t'excite, & qui veut que ta plume,
En faveur des Heros faſſe un ſecond volume.
Quand d'un illuſtre objet quelque docte pinceau,
Fait voir en liberté l'hiſtoire & le tableau,
Tous ces trais délicats que l'œil mortel contemple,
Servent d'enſeignement, d'entretien & d'exemple,
Ils nous apprennent l'art de ſuivre la vertu,
Par un chemin étroit, & qui n'eſt point bâtu,
Un monde tout entier s'inſtruit ſur le modelle,
Qu'il reçoit d'une plume oû d'un crayon fidelle.

O Peintre ingenieux! fay pour l'Eternité,
Quelque travail qui plaise à la Divinité.
Que ta sçauante main entreprenne vn ouvrage,
Qui marque ta vertu, ton zele & ton courage,
Et lors que ton esprit se voudra divertir,
Qu'il ne parle aux esprits que pour les convertir,
Chasse loin de ton cœur ces matieres indignes,
Qui ne meritent pas la moindre de tes lignes,
Quand tu veux travailler pour vn œil decevant,
Le travail que tu fais est emporté du vent;
C'est peindre dessus l'onde, & bastir sur le sable,
Que d'avoir pour objet vn objet perissable,
Mais tout ce qu'on escrit pour l'estre Souverain,
Est escrit sur le marbre & gravé sur l'airain:
Ce sont des monumens qui combatent la foudre,
Et qui ne craignent point d'estre reduits en poudre.
Suy donc le haut dessein que tu dois concevoir,
Tu trouveras ta gloire en faisant ton devoir:
Oüy, mon cher Agathon, c'est vn bon-heur extrême,
En instruisant autruy de s'instruire soy-mesme,
Et le plus grand des biens qu'on ne peut exprimer,
Est de chercher en Dieu tout ce qu'on doit aymer.

FIN.

www.ingramcontent.com/pod-product-compliance
Ingram Content Group UK Ltd.
Pitfield, Milton Keynes, MK11 3LW, UK
UKHW020311220726
13923UKWH00003B/1082